徳 間 文 庫

第九号棟の仲間たち[1]

華麗なる探偵たち

赤 川 次 郎

徳 間 書 店

目次

英雄たちの挨拶 5
死者は泳いで帰らない 59
失われた時の殺人 113
相対性理論、証明せよ 167
シンデレラの心中 231
孤独なホテルの女主人 289

解説　山前譲 351

英雄たちの挨拶

1

そのコーヒーに、何か薬が混ぜてあったのに違いない。

「私が何か飲物を作るわ。芳子さん、何にする？　コーヒー？　ココア？　お紅茶がいいかしら。それとも何か他のものにしましょうか」

そう訊《き》いたのは、叔母の鈴本和江だった。私は大して考えもせずに、コーヒーにして下さい、と答えた。

その居間には、私を含めて五人の人間が集まっていた。

年齢からいえば私は一番若い。まだ二十歳《はたち》になったばかりだった。それも、文字通り、この日が私の二十歳の誕生日だった。

二十歳。それは大人になることを意味するだけではなかった。私にとっては、毎月毎月決った手当を受け取るだけの身分から、一挙に、数億円に上る遺産を受け継ぐ、大金持になることに他ならなかったのだ。

父が死んで、三年。――この日が来るのを、私は待ち続けていた。

「今度相続する財産は、正確にはどれくらいになるの？」

と訊いたのは、私の従兄《いとこ》に当る鈴本仁志《ひとし》だった。

もう二十七にもなるのに、職にもつかず、家でブラブラ遊んでいる。本人はダンディなプレイボーイを気取っているが、自分が聞かせる自慢話の割には、女性と一緒のところをあまり見かけたことがない。

私なら、従兄でなければ口をきく気にもなれないタイプである。

「四億円ぐらいじゃないかしら」

と言ったのは、その母親、叔母の鈴本和江である。

「凄《すご》いねえ！」

と鈴本仁志は大げさに声を上げた。

母親が言うまでもなく、彼の方がよほど詳しく知っているに違いないのだ。そんなわざとらしい言葉には、肯《うなず》く気にもなれなかった。

「少々遊んだくらいじゃ使いきれないね」

叔父の鈴本志郎が勝手にウイスキーをやりながら言った。アルコール漬けになった頭で、よく医者をやっていられるものだと思うのだが、金勘定には長《た》けているとみえて、なかなか収入は悪くないようだ。

しかし、それも、妻の和江が浪費家、一人息子の仁志は遊び暮しているとなれば、楽なはずはなかった。

「何をするんだい？　世界一周、車、ヨット、別荘……。そういうことなら、僕がアドバイスするぜ」

仁志はニヤニヤ笑いかけて来る。私は肩をすくめて、

「そんなことには興味ないわ」

と言った。

「そうだとも」

と、叔父の鈴本志郎が言った。「いくら四億といっても、使っちまえば、あっけないもんだ。何といっても投資だよ。まず、ふやすことを考えなくては」

「本当ね。主人は利殖の方には、医学以上の才能があるんだから、芳子ちゃん、信頼して任せといて大丈夫よ」

と叔母の和江が言う。

「そんなことをする気はありませんわ」

と、たまりかねて、私は言った。「もう使い途《みち》は決っているんですから」

叔父夫婦は、素早く顔を見合わせた。

叔母はコーヒーを淹《い》れに、ホームバーの方へと歩いて行った。

「なあ芳子君」

と、叔父が近付いて来る。

父の弟ではあるが、父とは似ても似つかない、いわば裏返しの存在が、この叔父だった。小さい頃から、この叔父に、私は親しみを感じたことがない。

「君はまさか本気で四億円を全部慈善事業に寄付してしまうつもりじゃないんだろうね？」

「いけませんか」

と私は言い返した。「それがもともと父の遺志だったんです」

「兄貴は変人だった」

と叔父は首を振って、「人生を楽しむということを知らなかったんだ。しかし、君までが兄貴の真似をする必要はないよ」

「私もそうしたいんです」

仁志が立って来ると、

「ねえ、それじゃつまらないぜ。そりゃ多少寄付したりするのは、税金対策として、いいかもしれないけど……。馬鹿らしいじゃないか！　どう使われるかも分らないの
に」

「そうそう」

と、叔父は同調して、「寄付したって、それが有効に使われるという保証はないいん
だからね。大体ああいう団体はいい加減で、怪しげなところも多いし……」

「私も、その辺は考えています」

と、私は言った。

「すると……？」

「ちゃんと管理する法人を作って、事務所を作ります。できるだけ効率よくお金を使
わなくてはなりませんから」

「そんなむだ使いを――」

と、仁志が言いかけたが、叔父は、

「いや、待て、それはいい考えだよ」

と抑えて、「どうしても芳子君がそうしたいのなら止めるわけにいかない」

「分って下さって嬉しいわ」

と私は言った。

「しかし、そういう事情に、君は詳しくないだろう。――私にいい考えがあるよ。仁志もちょうど今は仕事をしていないし、その財産管理の事務を任せればいい」

「それはいい考えだわ」

と、叔母がカウンターの方から言った。「仁志もちゃんと大学を出てるんですもの、そういう仕事ぐらい充分できるし」

「私の知り合いには弁護士や、その方面の専門家が多勢いる。紹介してあげるよ」

叔父はえらくご機嫌が良くなった。それで財産を好きなようにできる、というわけなのだろう。――とんでもない話だ。ライオンの檻《おり》の中へ、生肉を投げ込むようなもので、アッという間に食い尽くされてしまうに違いない。

「ご親切はありがたいんですけど」

と私は言った。「あなた方にお願いする気はありません。そのためにこうして、弁護士さんに来ていただいてるんですもの」

――居間には私を含めて五人いる、と言った。私と、叔父夫婦、息子の仁志、そしてもう一人、白髪の老人が、ソファで居眠りをしていた。

長く、父の顧問をしていた、高木弁護士である。

「そんな爺さん、当てにならないよ」

と仁志が言った。「もうろくしてるから、悪いのにコロリと騙《だま》されるぜ、きっと」

「私は信頼してるわ。少なくとも仁志さんよりは」

と私は言ってやった。

仁志はムッとした様子で私をにらんだが、すぐに笑顔を作って、

「ひどいなあ、それは」

「ねえ、芳子さん」

叔母がコーヒーを運んで来る。「私たちはずっとあなたのことを心配して来たのよ。私たちをもう少し信用してくれてもいいじゃないの」

「どうも……。叔父さんや叔母さんが私に親切だったのは、私が四億円の遺産を受け継ぐ立場の人間だからですわ。私が無一文だったら、野たれ死にしても平気だったでしょ？」

私はゆっくりとコーヒーを飲んだ。

叔父と叔母は顔を見合わせた。それから、叔父が肩をすくめて、

「どうしても君の気持が変らないのなら、仕方ないね。我々は失礼するよ」

「どうもわざわざおいでいただいて」

と私は言った。「後は高木さんと打ち合わせて、細かいことが決ったら、ちゃんとお知らせしますわ」

三人は帰り仕度を始めた。——私は玄関まで送りに出た。

「——あなたが後悔するようなことにならなきゃいいけど……」

叔母が出がけに私を見て言った。冷ややかな口調だった。

だが、そんな言い方には慣れっこだ。

「どうぞご心配なく」

私は三人を送り出し、玄関のドアを閉めた。

「やれやれ、だわ」

と呟《つぶや》く。

この宏大な邸宅も、今日からは私のものになった。——一人で暮すのだから、どこか、小さなアパートかマンションがあれば充分だ。

ここは処分してしまおう。

いや——それとも、ここに財産を管理する事務所を置こうか。それがいいかもしれない。

やはり、幼い頃から育って来た家である。できることなら人手に渡したくはなかった。

父を亡くして三年。——母は私が子供の頃に亡くなっていて、長い間、父と二人の生活だった。

父は実業家で、財を成した人だが、決してケチケチと貯《た》め込む人ではなく、様々な救済事業や慈善事業に、ためらうことなくお金を使った。

私もその父の遺志を大切にしたいのである。

さて、高木さんを起こして、打ち合わせをしようか。——もうすっかり夜になってしまった。

居間へ入りかけて、私は急にふらついた。いや——突然、床が波打つような、奇妙な感覚に捉《とら》えられたのである。

地震かしら？　いや、そうじゃない！　おかしい。おかしいわ。

部屋が歪《ゆが》んでいる。奥行きが倍にもなって、天井が頭にくっつきそうな低さに垂れ下がって来る。

押し潰《つぶ》される！　恐怖に鳥肌が立った。

助けて！――誰か助けて！

私は床に這《は》った。体が燃えるように熱くなる。視界がフィルターを通したように真っ赤になる。

焼ける。何もかもが焼けている。

床が傾いた。滑り落ちて行く。どこへ？　底知れない深淵《しんえん》が、口を開けて飲み込もうとしている。――落ちる！

やめて！　助けて！　誰か！

私は絨毯《じゅうたん》にしがみついた。手の中から、絨毯がすり抜けて逃げて行く。――いやだ。いやだ。

誰か――誰か来て！

もの凄い力が、私を吸い込む。私は無限の闇の中空へと投げ出された……。

「他に手はない」

「やはり外聞をはばかりますもの」

「何とかもみ消して……」

「強盗が入ったということに……」

何の話だろう？　私は、まだぼんやりとした頭で、それでも奇妙に、話は耳に入っていたのだ。

車に揺られているような感覚があった。

そう。――実際、車に乗せられていたのだった。

どこへ行くのだろう？

話し声は、叔父と叔母のものである。私は、

「一体どこへ行くんですか？」

と訊こうと思った。

しかし――口が動かないのだ。意識の方だけが戻って、体がそれについて来ないらしい。もどかしい思いで、私は身動きしようとしたが、指先一つ、動かすことができなかったのだ……。

車はどこか、郊外を走っているようだった。――夜中らしく、真っ暗で、窓から、人家の明りらしいものがまるで目に入らない。

どこへ行くのだろう？　私は、不安だったが、身動きもならない状態では、どうすることもできない。

やがて、車は停った。

足音が近付いて来ると、ドアが開いた。

「目を開けてるぞ」

覗《のぞ》き込んだのは、見たことのない男だった。

「意識はないんだ。さあ、運べ」

意識はない？　とんでもない！　私はカッとしたが、言葉は出て来なかった。

私の体は、何やらベッドらしきものの上に横たえられて、ガラガラと車輪のきしむ音と共に運ばれて行く。

どうやら、ここは病院らしい。しかし……どこか妙だった。

私が運び込まれたのは、近代的なオフィスを思わせる一室で、立派なデスクの向うに座っていた男が立ち上って、私を――いや、叔父夫婦を迎えた。

「院長の久米です、どうも……。おかけ下さい。こちらがお話の――」

と私の方を見下ろす。

「そうなのです。大変にしっかりした子なのですが」

と、叔父が言った。

「でも、親類に、同じような症状の者が――」

と叔母が言い出す。

でたらめだ。一体何を言うつもりなのだろう?

「まあ、いずれにしても、突然錯乱したことは確かです」

と叔父は首を振った。「そして、長年、つき合いのあった弁護士を刺し殺してしまったのです」

私は唖然《あぜん》とした。刺し殺した? 高木さんを?

「お察し申し上げます」

医者というより、どこかのセールスマンみたいな、小太りの院長が肯いた。「しかし、何といっても可愛い姪《めい》ごさんですからな、やはり——」

「刑務所へ入れたくはありません」

と、叔父が言った。「そこで、ここの話を、以前、知人から伺《うかが》っていましたので、ぜひ、入院させていただこうと思いまして」

「その殺人事件の方はどうなりました?」

「強盗が入ったことにしてあります。万一、警察の捜査の手がのびて来たときは、何とぞよろしく」

「かしこまりました」

と久米という院長が肯く。「入院の日付を、一週間前にしておきましょう」

「そうお願いできれば、むろんその分の料金はお支払いします」

「よろしく。――ここはお安くはありませんが、ともかく、完全に面倒は見させていただきます」

「どうかよろしく」

冗談じゃない！　私は叫びたかった。私がどうして高木さんを殺したりするだろう。何かの間違いだ！

しかし、相変らず声は出ない。

「で、打ち明けたところをお聞きしたいのですが――」

と久米院長は言った。「このお嬢さんは、いつまでお預りすればよろしいのですか？」

叔父と叔母はチラッと顔を見合わせた。そして叔父が言った。

「一生、ここに置いていただきたいのですが」

2

短い白衣を着た二人の男が、私を両側からかかえて、廊下を引きずって行った。

「どこだ？」

と一人が訊く。

「九号棟だ」

「九号か。この若さで。――可哀そうに」

と笑っている。

「余計なことをしゃべるな」

建物から外へ出ると、月明りが照らし出したのは、自然のままに残った林と、その奥に、ポツン、ポツンと見えている黄色い光だった。

どうやら病院の庭らしい。

「さあもう少しだ」

と男の一人が言った。

私は、もう手足が動くようになりかけていたのだが、わざとぐったりして、男たちに運ばせていた。――何とか、隙《すき》を見て逃げ出すつもりだったのだ。

大方の見当はついていた。叔父夫婦の陰謀に違いない。

私のコーヒーに薬を入れて意識を失わせ、高木さんを殺した。そして、私にその罪をなすりつけておいて、ここへ閉じ込めてしまおうというのだ。

狙いはもちろん四億円の財産。――私が失踪《しっそう》すれば、財産は叔父の手に移るわけだ。そんなことをさせてたまるか！

しかし、逃げられるだろうか？　この逞《たくま》しい二人の男から。

「よし降ろせ」

「そこのベンチへ座らせとこう」

私は、黒い、石造りの、まるで古い礼拝堂か何かのような古めかしい建物の前で、入口の扉へ上る三段の石段のわきにあるベンチへ座らせられた。

「呼んでみな」

一人が、大きな両開きの木の扉を叩いた。私は、そっと頭をめぐらして、建物を見上げた。

暗い夜にそそり立っているその姿は、何とも威圧的で無気味である。扉の上に、〈9〉の文字があった。

これが九号棟なのか。――男たちが話していた、「この若さで。――可哀そうに」という言葉が気にかかっていた。

「――何やってるんだ！」

男がイライラしながら扉を叩く。

「仕方ねえな」

もう一人も扉の所へ行って、「おーい！　早く出ないか！」と怒鳴った。

今だ！　私はベンチから立ち上がると、小走りに林の方へと進んだ。

「おい！　逃げたぞ！」

見付かった！　私は林の中へ駆け込んだ。

走ることには自信がある。いつもなら負けはしないのだが、どうやら、薬のききめがまだ残っているらしく、少し走ると足がもつれて、転倒した。

急いで起き上ろうとしたときには、懐中電灯のまぶしい光が顔を照らし出していた。

「なめたまねしやがって」

男の一人が息を弾《はず》ませながら言ったと思うと、拳《こぶし》が私の下腹へ食い込んだ。私は一瞬の内に目の前が真っ暗に閉ざされてしまうのを感じた。息も詰まって、死ぬのかと思った。

そして……何も分らなくなった。

「――大丈夫かね」

目を開くと、見たことのない男の顔が、そこにあった。

どこか、ベッドの上に寝かされているらしい。私は下腹部の痛みに顔をしかめた。

「あいつらに殴られたね。全くひどいことをする。冷たいタオルでも持って来てあげようか?」

「いいえ……大丈夫です」

と私は言った。「ここは……どこですか?」

「九号棟の中だよ」

とその男は言った。

見たところ、ごく当り前の広間だった。

「ここは……病院なんでしょう?」

「名目上のことさ。この九号棟は、一生閉じ込めておきたい人間を入れるところなんだ」

「でも……病室とか何かは、ないんですか」

「ここは建物全体が一つの病室でね。完全に窓も塞《ふさ》がれていて、一切外とは接触できない。内側の扉と外の扉の間に番人がいて、こいつが食事などを入れてくれる。――もっとも三人いるし、銃で武装していて手は出せないんだ」

「ひどいわ……。まるで刑務所ですね」

「その代り、この建物の中では自由にしていられる」

と、その男は言った。「食事も悪くない。何しろ我々をここへ入れた連中は、相当な入院料をふんだくられてるからね。待遇が悪くて騒ぎでも起こっちゃ、あの久米という院長にも都合が悪い。逃げようとしない限りは、かなり楽しめる生活なんだよ」

「でも――私、何とかして外へ出ないと！　とんでもないわ。ここで一生過せとおっしゃるんですか？」
四十五、六だろうか、割合に上等なツイードの上衣《うわぎ》を着た、物静かなその男は、ちょっと微笑《ほほえ》んで肩をすくめた。
「すみません……」

と、私は謝った。「あなたに怒っても仕方のないことなのに……」

「いやいや、気持は良く分ります」

と男は肯いた。「ともかく、元気を出して下さい。――立てますか？　あなたの部屋へ案内してあげますよ」

「どうも……」

私は、そろそろと起き上った。何とか、お腹の痛みもおさまってくる。

「さあ、女性の部屋は二階の奥です」

「あの……他にも女の方が？」

「いますとも。みんながみんな話しやすい連中ではありませんがね」

「話しやすい……というと？」

「つまり中には気難しいのもいるということです。きっとあなたなら、ナイチンゲールがいい話し相手になるでしょう」

「ナイチンゲール？　看護婦さんか何かですか」

「おや、ご存知ありませんか、ナイチンゲールを？」

「それは――もちろん知っていますけど。クリミヤ戦争に行って――」

「そうそう。あの彼女がね、今ここにおるんですよ」

「はあ……」

私はその男の顔をじっと見つめた。だが、どう見ても相手は真面目《まじめ》そのものだ。

「他にはどんな女の方が……」

「そう……。あの歌姫、マリア・カラスもいます。それにヘレン・ケラー、ヴィクトリア女王もおります。ただ、ちょっとやはり威張っていましてね、近付きにくいのですが」

「はあ……」

やっと少し救われたと思っていたのに、また段々気が重くなって来る。

「あの――」

と私は言った。「あなたのお名前をうかがわせていただけますか」

「私ですか？」

その男は階段を上りながら、ちょっと小首をかしげるようにして、言った。「私は、シャーロック・ホームズです」


部屋は、ホテルのシングルルームを少し狭くしたような造りで、そうひどくはなかったが、窓は石で塞がれており、寒々として暗いことは、監獄のようなものだった。

かのホームズ氏が去った後、私はベッドに腰をおろして途方に暮れた。

あのホームズ氏にしても、いい人には違いないが、やはり狂っているには変りないのだ。誰一人、助けてくれる人はいない。

こんな場所で、何年も何十年も、年をとって行かなくてはならないのだろうか？

「お父さん……」

と呟くと、急に涙があふれて来て、頰《ほお》を伝い落ちて行った……。

急に、目の前にハンカチがさし出された。びっくりして顔を上げると、口ひげを生やした若い男が立っている。

若いといっても――まあ三十歳そこそこというところか。いかにもお洒落《しゃれ》な感じで、口ひげにしても、実に形よく手入れしてあって、実際なかなかの二枚目でもあった。

「どうなさったんです、お嬢さん？」

と、彼は訊いて来た。

「あの……」

「新しいお顔ですな。いずれにしても、うら若き女性が泣いているのを見過すことは、私のプライドが許しません。どうか私に事情を話してみて下さい」

「あの……あなたは？」

恐る恐る私は訊いた。

「私は正義の剣士！　弱き者の味方です」

彼は手を胸に当てて、昂然《こうぜん》と言った。

「怪傑ゾロ？」

と訊くと、彼はかなりプライドを傷つけられた様子で、

「私はダルタニアンです！」

と言った。

私は涙を拭きながら、いつの間にか笑い出していた……。

「――なるほど」

ダルタニアンは、両手を後ろに組んで、部屋の中を大股《おおまた》に歩き回っていた。「けしからん連中だ！　つまり、そのあなたの叔父夫婦が仕組んで、あなたの受け継ぐべき財産を手に入れるため、あなたをここへ送り込んだ、と」

「そうです」

「しかも、人殺しまでやったんですな？」

「ええ」

「けしからんことだ！　こんな罪が罰せられずにいるはずはない！」

と、ダルタニアン、拳を振り回して叫んだ。

何か、フランス革命の闘士が演説してるみたいだ。

「ありがとう。そうおっしゃって下さるだけでも嬉しいわ」

と私は言った。

「言うだけ？　言うだけですと？」

ダルタニアンはぐっと私の方へ顔を近づけて来る。私はあわてて後ろへ退《さ》がった。

「私が口先だけの男だとお思いですか？　とんでもない話だ！　ダルタニアンは行動の男です。この手で、その悪い奴らを叩きのめしてやる！」

この建物の中からじゃ、その拳固《げんこ》も届かないでしょ、と私は思った。まあ、ともかく、気持だけは嬉しい。

「あの――私、ちょっと一人になりたいんです」

と言うのがまるで耳に入らない様子で、

「お待ちなさい！」

と言うなりダルタニアンは飛び出して行った。

私も面食らって廊下へ出てみると、ダルタニアンは、人間とも思えない身の軽さで、階段の手すりをまたいで滑り降り、途中からヒラリと一階へ飛び降りた。

そして私の方を見上げるとニヤリと笑って、ついて来いと手招きした。

私も何だかせかされて、わけも分らず、一階へ降りて行く。

ダルタニアンは、一階の廊下を奥へ奥へと進んで行った。両側にドアの並んだ、冷たい石の廊下、その突き当りにドアがあり、そこを開けると、驚いたことに、地下へ降りる階段が造られていたのだ。

「地下室があるんですか？」

「その通り。じめじめしていて、空気も悪いのですが、どうしてもここがいいという物好きもおりましてね」

「自分から地下室へ入ってるんですか？」

「そうです。どうぞ」

と降りて行く。

別に扉はなくて、そのまま、割合に広い部屋になっていて、何やらゴチャゴチャと、箱だの古い椅子だのが隅の方に積み上げてある。

明りといっては、壁にある燭台《しょくだい》のローソクだけ。そのほのかな光の中に、髪もひげものび放題の男が座っていた。

「この人は？」

と私は訊いた。

「エドモン・ダンテスですよ」

どこかで聞いた名だ、と私は首をかしげた。

「ああ！──モンテ・クリスト伯ね」

「後にはね。しかし、この男はまだエドモン・ダンテスなのです」

実際にはまだ若そうな男だった。しかし、その凄い格好が、いかにも本物のエドモン・ダンテスらしい。

「――何をしているんだ？」

と聞き憶えのある声が、階段を降りて来た。

「やあシャーロックか」

とダルタニアンが言った。

「ホームズと呼んでくれ」

と、ホームズ氏は苦い顔をした。

シャーロック・ホームズとダルタニアンがエドモン・ダンテスのそばで話をしてるなんて！

私はこんな場合ながら、何とも愉快な気分になっていた。みんな狂っているとはいえ、それぞれに、いかにもそれらしく見えるから楽しいのだ。

「このお嬢さんのために一肌脱ごうと思ってね」

と、ダルタニアンは言った。

「私もそう思っていた」

とホームズ氏が肯く。「殺人の罪を着せられて、ここへ不当に閉じ込められた娘さんを助けるのは当然の義務だ」

「まあ……よくご存知ですね」

「あなたの服の袖には血がついていますよ」

とホームズ氏は言った。「しかし、あなたご自身はけがをなさってはいない。すると返り血ということになる。まあ、あなたが切り裂きジャックとでも名乗れば、それも不思議ではありませんが、あなたはそういうタイプではない。すると、誰かがあなたの服に血をつけておいたのだ。目当ては？――金かな。あなたは莫大な遺産を相続、それを狙った、根性の悪い叔父か叔母が、あなたを陥れた。――こんなところではありませんか？」

「驚きましたわ！　その通りです」

私は本当にびっくりしていた。

「これは単なる当て推量で、推理ではありませんよ」

ホームズ氏は、ちょっと照れくさそうに言った。

「改めてあなたの口から聞かせて下さい」

私が、もう一度事情を話すと、ホームズ氏はゆっくり肯いた。

「――よく分りました。薬を飲まされ、殺人の罪をなすりつけられた。その通りでしょう。しかし疑問はありますね。なぜ、その高木という弁護士を殺したのか。ただあなたに罪を着せる目的で？　ちょっと弱い。あなたの叔父にしても、悪党かもしれないが、理由もなく人殺しをする度胸があるかどうか。——他に何か理由があったのかもしれませんよ」

「他に？　どんな理由が？」

「さあ、それは分りません」

とホームズ氏は首を振った。「調査してみなくてはね」

私はため息をついた。

「調べに行きたくても、ここからはもう一生出られないんですもの。——空しいわ、何もかも……」

ホームズ氏とダルタニアンは顔を見合わせた。

「絶望することはありません」

と、ダルタニアンが言った。「出て行きたければ、行かせてあげますよ」

「え？」

私が目を見開くと、ダルタニアンが、床に毛布一枚を敷いて座っていたエドモン・ダンテスをちょっとつついた。ダンテスが、面倒くさそうに立ち上って毛布から離れると、ダルタニアンは毛布をめくって、石の床の一部をぐいと手で押した。

重くて、とても動きそうもない石が、突然クルリと回転して、床に、ポッカリと穴があいた。——私は唖然としてそれを見つめていた……。

3

帰り着いた我が家の前に、見憶えのある車が停っていた。

心が躍《おど》った。——彼が来ている！

私はそっと玄関のドアを開けた。中は静かで、話し声は聞こえない。しかし明りは点《つ》いていて、しばらく耳を澄ますと、居間の方で物音がした。

足音を忍ばせて近寄ってみると、半ば開いたドアの隙間《すきま》から、たたずんでいる彼の姿が見えた。

彼——高木俊一。あの弁護士の息子であり、私とは幼なじみの仲である。私にとって一番心を許せる男性、それが高木俊一だった。

ドアを少し開けると、かすかにきしんで、その音で彼は振り向いた。

「君……」

と口の中で呟く。

「俊一さん！」

と私は言った。そして、それきり、何も言えなくなってしまった。

「君は……どこにいたんだ？」

と、彼は、驚きから、やっと我に返った様子で訊いた。

「病院よ。叔父たちが私に薬を盛って、閉じ込めたの」

「閉じ込めた？」

「ええ。でも何とか逃げ出して来たわ。――俊一さん、あなたのお父さんを殺したのは、私じゃないのよ」

「え？――ああ、そりゃもちろん信じてるさ。さあ、座らないか」

「ありがとう。疲れたわ」

「何か飲む？」

「そうね。何か冷たいものがいい。――俊一さん、いいわ、ここにいて。私のそばに座って。お願いよ」

私は疲れ切っていた。彼の暖い手を握りしめていたかったのだ。

「大丈夫。心配することはないよ」

と、俊一は言った。「僕がついている。もう大丈夫だ」

「ええ、そうね……。私、疲れたわ」

「少し眠るといいよ。僕がそばについていてあげる」

「そうしたいけど……だめなの」

と私はため息をついた。

「どうして?」

「朝までに病院へ戻らないと」

「朝までに? どうして?」

「まるでシンデレラね」

と私はちょっと笑って、それから、「ごめんなさい、お父さんが亡くなったっていうのに……」

「いや、それより、どういうことなのか聞かせてくれないか」

「話すけど、きっと信じられないと思うわ」

「話してみてくれ」

私は、病院の第九号棟へ入れられたこと、そこの住人たちについて、手短かに語った。話しながら、自分でもあれが本当にあったことなのかどうか、時として分らなくなるのだった……。

「その抜け穴は、病院の外の林に続いてたの。そこから出て、林を抜けて、しばらく歩くと、自動車道路に出たわ。夜中だし、なかなか車は来なかったけど、幸い最初の車が停ってくれて。それに乗って、この近くまで戻って来たのよ」

「まるでファンタジーだね」

「ええ、本当にね」

「でも……抜け道があるのに、なぜその連中は逃げ出さないんだろう？」

「あの人たちも、自分らが外の世界で受け容れられないことは分ってるのよ。だから、あの中にいる方が幸せだ、と……。でも、時には閉じ込めておかれるのが堪《た》え切れなくて、外へ出てみたくなることがある。そのために抜け道を作ってあるんだわ」

「朝までに帰らなきゃいけないっていうのは？」

「朝、朝食のときに、入っている人たちが全部揃っているかどうか、調べられるらしいの。そのとき一人でもいないと、やはり大変でしょ。調べられて、抜け道を塞がれたら、あの人たちはまた閉じ込められたきりになってしまうわ。それに病院側も警戒して、あの人たちをもっと厳しく監視するようになるでしょう。せっかく、あの人たちがあそこで自由に暮しているのに……」

「優しいね、君は」

と、俊一は微笑んだ。「そんな連中に同情するのかい?」

「ええ。だって、いい人たちなのよ、本当に」

「しかし、本当に朝までに戻るつもりなの? それじゃ、なんにもならないじゃないか。――ここにいればいいんだ。帰ることなんかないよ!」

「でも……」

「そんな連中のことだ。もう君のことなんか忘れてるに決ってるさ。それに、帰ってどうしようって言うんだい?」

そう問われると、私としても困ってしまった。確かに、私にはあそこにいなければならない理由はない。

しかし、私をあの抜け道から送り出してくれた、ホームズ氏、ダルタニアンの二人の笑顔を思い出すと、放って置いてはいけないという気もして来るのだ。

私は、彼らに、必ず戻って来ると約束したのだから。

「それよりも、問題は、これからどうするかだ」

と、俊一が言った。

「叔父さんたちが問題よ。私を病院へ閉じ込めておいて、財産を好きなようにするつもりだわ」

「まあ待てよ。ともかく最初から考えてみよう。君は叔父さんたちとここで話をしてたんだね?」

「ええ。そしてあなたのお父さんはそこで居眠りしてたわ。私は、叔母さんの作ってくれたコーヒーを飲んだ。そして……叔父さんと叔母さん、それに仁志さんの三人を玄関へ送って行ったわ」

「仁志? ああ、君の従兄だね」

「そうよ。知ってるでしょ?——それから私は中へ戻ろうとした。そしたら、突然、目が回り出して、何かこう……わけが分らなくなって……。気が付くと、病院へ向う車の中だったのよ」

「で、叔父さんたちの話で、親父が殺されたと聞いたわけだね」

「そう。だから戻って来たのよ。何とか真相を暴《あば》かないと——」

と言いかけたとき、俊一はドアの方へ顔を向けて、

「やあ、待ってたよ」

と言った。

私は唖然とした。ドアの所に立っていたのは——高木弁護士だった。

「あなたは……」

私は、よろけるように、ソファから立ち上った。

「どうしました？　心配してたんですよ」

と、高木弁護士は居間へ入って来る。

「お父さん」

と、俊一が言った。「彼女、お父さんが殺されたと思ってたんだ。びっくりするのも無理ないよ」

「殺された？　私が？」

と目を丸くして、「いや、それはまたどうして――。ま、ともかく座って……。いや、こっちこそびっくりですよ」

「じゃ、私があなたを殺したっていうのは、叔父たちの、まるきりの作り話だったのね！　でもよかったわ！」

私はちょっと俊一をにらんで、「どうしてそう言ってくれなかったの？」

「まあ待ってくれよ。僕は父に呼ばれてここに来たんだ。君が行方不明だって聞いてね。だからともかく君の説明を聞こうと思って――」

「それにしたって……」

と、私は肩をすくめた。「ねえ、高木さん、一体何が起こったんですの？」

「それは私にも分りませんな」

と老弁護士は首を振って言った。「私はここで居眠りをした。――あなたと、叔父さんたちのお話を聞きながら、何だかこう……むしょうに眠くなりましてね」

「その前に何か飲みました？」

「紅茶を一杯ね」

「それにきっと薬が入っていたんだわ」

「そうかもしれません。ともかく、あんなに堪え難い眠気に襲われたのは初めてですからね」

と、高木弁護士は肯いて、「ともかく気が付いてみると、家の中には誰もいない。捜してみましたが、人っ子一人いません。心配になって、あなたの叔父さんの所へ電話したのです」

「何と言っていました？」

「仁志さんが出ましてね、ご夫婦はお出かけということでした。あなたのことについては、全然知らない。たぶん夜遊びにでも出てるんじゃないかと言ってましたが

「……」

「勝手なこと言ってるわ！」

と、私は頭へ来て言った。「自分と間違えないでほしいもんだわ」

「しかし、無事で良かった。ホッとしましたよ」

と、高木弁護士は言った。

俊一が、私の話を要領よくまとめて父親に聞かせた。ホームズ氏やダルタニアンのくだりは省略してあった。

「全くとんでもないことだ！」

と高木弁護士は腹立たしげに、「あなたを病院へ閉じ込めようなどとは……。よろしい。私に任せておきなさい」

「どうしたらいいのかしら」

「向うはあなたが病院を抜け出して来たとは知らない。安心し切っているに違いないですからね、その虚をついてやればいいのです」

「私にも何かやらせて下さい！」

「いやいや、あなたは、いざというときまで姿を見せない方がよろしい。ここは私にお任せなさい。それに、俊一もいることだし。――一緒に来てくれ。あの夫婦をとっちめてやろう」

「分った。――芳子さん、君はここで待っていてくれ」

「分ったわ。でも早くしてね」

「任せとけよ」

俊一が笑って見せる。

高木親子が急いで出ていくと、私は、ソファにゆったりと座った。

これでもう大丈夫。父の財産は無事に守られるだろう。

安心したせいか、疲れがまた忍び寄って来て、瞼《まぶた》が重くなってくる。――そうだ、病院の人たちがいる。

ホームズ氏やダルタニアンたちを、放ってはおけない。

といって……私も、父の財産を管理する仕事があるのだから、あの病院に入っていられないのも事実である。

申し訳ないけれど……。そう、この件が片付いたら、高木さんに頼んで、あの病院のことも何とかしてもらおう。

あそこには不当に監禁されている人もかなりいるはずである。そういう人々を救い出し、また一方で、あのホームズ氏たちが、平和に暮せるように力を尽くしてあげたい。

そう。それが一番いいかも……。

私はふっと目を閉じて、そのまま眠り込んでしまった。

そして、どれくらいの時間がたったのだろう。誰かに揺さぶられて目を開いた。

「起きて！　お嬢さん、起きなさい！」

誰の声かな？　どこかで聞いたことのあるような声だけれど……。

私は無理に、上下の瞼を引き離した。——こっちを見下ろしている、穏やかな瞳《ひとみ》……。

「まあ、ホームズさん！」

私は我に返った。あのホームズ氏が、目の前に立っているのだ。

4

私は周囲を見回した。

間違いなく、ここは私の家の居間である。しかし、目の前に立っているのは、あのホームズ氏なのだ。

「ホームズさん……。どうしてここに？」

と私は言った。

それにホームズ氏が答えるより早く、ドアが開いて、入って来たのはダルタニアンだった。

「やあ、お目ざめですか！」

と、ダルタニアンは楽しげに言った。

「呑気《のんき》にしてる場合じゃない」

とホームズ氏が言った。「——私たちは、あなたを送り出してから、心配になりましてね。どうも、これはあなたが考えているほど、単純な事件ではないような気がする。ダルタニアンは、どうしてもあなたを守る義務があると主張するし。そこで二人して、あなたの後を追ったのです」

「でも、私は車で——」

「その屋根に、二人してしがみついていたんですよ」

「まあ、大変！」

「実際、名探偵にとっては辛《つら》いことでした」

とホームズ氏は、ちょっと悲しげに言った。「パイプも落っことしてしまったし」

「なあ、ホームズさん」

と、ダルタニアンが言った。「ちょっと知らせとくことがあるよ」

「何だ?」

「今、台所らしい所へ行って来たんだがね」

「またワインでも捜しに行ったんだろう」

「ワインの代りに妙な物を見付けたよ」

「何だね?」

「死体さ」

とダルタニアンは言った。

「――まさか」

と私はしばらく間を置いてから呟いた。

「その答えを出すには、行って見る他はないですな」

ホームズ氏は落ち着いた声でそう言った。

私たちは、台所へ行ってみた。

台所といってもかなり広い。奥に食料の貯蔵庫があって、その扉が少し開いていた。

「これは開いてたのか」

とホームズ氏が訊く。

「ああ、開いていたよ。だから中を覗いてみたんだ」

扉をそっと開け放つと、目の前の床に、長くのびている人間の姿が見えた。——胸を血に染め、目をびっくりしたように見開いている。

「これは誰です？」

と、ホームズ氏が言った。

「どうして……こんなことが」

私は呟いた。「これは叔父です。叔父の、鈴本志郎です」

私はもう、何が何やら分らなくなって来てしまった。

「誰かに刺し殺されている」

ホームズ氏は、あたかも本物のホームズのように、平然と死体の上にかがみ込んだ。

「——凶器はどうやら包丁か何からしいな。ここは台所だ。お嬢さん、包丁はどこに置いてあるんですか？」

「その棚の中です」

私は歩いて行って、棚を開いた。「——一本失《な》くなってるわ。確か、肉切り包丁でしたわ」

「先の尖《とが》った？」

「ええ」

「するとそれが凶器に間違いないようだ」

とホームズ氏は肯いた。「血の状態からみて、殺されてそうたっていない。せいぜい一時間というところだろう」

「一時間？」

私は驚いて、「私が眠っていたのは……どれくらいだったのかしら？」

「せいぜい二十分でしょうね。我々は、あなたがこの家へ入るのを見て、しばらく外で待っていたのですが、やはり中の様子が気になりましてね。失礼ながら庭へ入らせていただいたのです」

「そしたら、何だか親子らしい二人が出て行った」

「弁護士の高木さん親子ですわ」

「その後、少し様子を見てから中へ入って来たのです」

「じゃ……この叔父が殺されたのは、私がここへ戻って来る少し前ということになりますわ」

「そのようです」

「でも誰が……」

私には訳が分らなかった。

「――いかがですか、お嬢さん」

とホームズ氏が言った。「人間、時には発想を逆転させることも必要ですよ」

「逆転？」

「あなたは叔父さん夫婦が財産を狙っていると考えておられた。まあ、彼らにそういう気持があったことは事実でしょう」

私たちは居間の方へと戻って行った。

「――しかし、そのために人を殺すとなると話は別です。殺人狂ともいうべき人間は別として、普通、人はよほど追いつめられなければ殺人までは犯さないものですよ」

「ええ、それは分ります」

「叔父さん夫婦がそこまで追いつめられていたかどうか？　いかがです？」

私は、ちょっと考え込んだ。

「よく分りませんけれど……。叔父は一応医者でしたから、そうお金に困っていたとも思えませんせん」

「なるほど。――あなたの受け継ぐべき財産がほしかったのは事実でしょうがね。しかし、財産がほしいだけでは、あなたを病院に入れるぐらいのことはするかもしれないが、殺人まではしない。殺人の動機になることがあるとすれば、それは、お父さんの財産を、すでに使い込んでしまったということです」

「まさか！」

と私は目を見張った。「そんなことはありませんわ」

「なぜです？」

「財産は高木さんが管理しているからです。あの人が目を光らせているからには、大丈夫です」

「叔父さんに関してはそうでしょう。しかし、高木という弁護士、当人に関してはどうです？」

「高木さんが？」

私は唖然として、ホームズ氏の顔を見つめた。

「結果を見ることです。殺されたのは高木でなく、叔父さんだ。殺された時刻、ここにいたのは、あなたと、高木という親子でしょう」

「でも――でも、私を病院へ入れようとしたのは、叔父ですわ！」

「叔父さんが、高木に言いくるめられて、あなたを入院させることにしたとは考えられませんか?」

「言いくるめられて……」

「叔父さんも金はほしい。そこで高木の話に乗って、あなたに薬を盛り、病院へ送り込む。しかし、高木としては、財産を食い潰しているのですから、叔父さんにもそのことを知られては困る」

「で、殺したんでしょうか」

「何とか話をつける気だったのかもしれません。しかし、結局、叔父さんは約束が違うと怒り、警察へ届けると言い出した。高木は仕方なく、叔父さんを刺した」

「そこへあなたがやって来たというわけだ」

と、ダルタニアンが口を挟んだ。

「高木親子にとっては、正《まさ》に好都合だったわけですよ」

とホームズ氏が言った。

「好都合?　どうしてですか?」

「叔父さん殺しの罪を着せるのに、絶好の相手ですからね。たぶん今頃は警察か、でなければ叔父さんの家へ駆けつけているでしょうな」

「——おい!」

とダルタニアンが鋭く言った。「馬車の音——いや、車の音だ」

「警察かな?」

「どうかね。それにしては静かだ」

玄関のチャイムが鳴った。

「どうしましょう?」

と、私はホームズ氏の顔を見た。

「出てみて下さい。私たちはどこか、そのソファの裏あたりに隠れます」

ホームズ氏とダルタニアンがソファの背後へ消える。玄関の方へ歩きかけると、ダルタニアンが頭をヒョイと出して、

「お嬢さん、すみませんが、コウモリ傘があったら一本貸して下さい」

「傘を?」

私は訊いた。一体何をする気なのだろう?

ともかく玄関へ出てみる。ドアを開けると、鈴本仁志が立っていた。

「仁志さん——」

「親父は?」

と仁志は凄い剣幕で、私を突き飛ばして入って来た。

「あの――」

「弁護士から聞いたぞ！　親父が危いって知らせて来たんだ」

「そんな！　誤解よ」

「どこだ？」

「台所で――でも――」

仁志は台所の方へ飛んで行った。私はただなすすべもなく、立っていた。すぐに仁志が現れ、私の方へ、凄い形相《ぎょうそう》で向って来る。

「待って！　仁志さん！　私じゃないのよ！　私じゃない――」

仁志の両手が私の首へかかる。私は床へ押し倒された。

「殺してやる！」

私はもがこうとしたが、仁志がのしかかっているので、身動きが取れなかった。仁志の両手が首に食い込んで来る。――このまま殺されてしまうのか、と思った。

ガツン、と鈍い音がして、急に仁志の手の力が緩んだ。そして、仁志がガクッと私の上に倒れ込んで来た。

「――大丈夫ですか」

ダルタニアンが、青銅のブックエンドを手に立っていた。

「助かりましたわ……」

私は喘《あえ》ぎつつ、仁志の体を押しのけて立ち上った。「死んだのかしら？」

「いや、気を失ってるだけです」

ダルタニアンは、「さて、外にも誰かいますよ」

と言った。

「え？」

「傘を――ああ、これでいい。一本拝借しますよ」

「どうぞ」

ダルタニアンは、父が使っていた、古めかしい大きなコウモリ傘を手にすると、まるでフェンシングの剣か何かのように、ヒュッヒュッと振り回した。

玄関のドアが開いて、高木俊一が入って来た。私を見るとギョッとした様子で、

「君……大丈夫だったのかい？」

「ええ。あなたはどうしてここへ来たの」

「いや、それは……」

「分ってるわ。私が叔父さんを殺し、仁志さんがその仕返しに私を殺す。それで財産の使い込みが発覚せずに済むというわけね」

「何の話だい？」

言葉とは裏腹に、青ざめた顔が、私の言葉を裏付けていた。高木弁護士が入って来た。

「どうした？」

「だめだ。彼女は何もかも知ってるよ」

「そうか……。仕方ない。君にも死んでもらう他ないようだね」

「ちょっと待った」

とダルタニアンが進み出た。

高木親子が呆気《あっけ》に取られる。

「何だ、君は？」

「私は正義の剣士、ダルタニアン」

とおじぎをする。「悪を許しておけない性質でね」

――それは信じられないほどの早業だった。あのコウモリ傘が唸《うな》りを立てて空を走った。あっという間に高木親子は二、三メートルも吹っ飛んで、倒れていたのである。

「これで当分は大丈夫」

ダルタニアンはクルリとコウモリ傘を回して、ニヤリと笑った。

「さあ、私たちは引き上げよう」

いつの間にかホームズ氏が立っていた。「お嬢さん、お達者で」

「でも——私が朝までに帰らないと——」

「私たちはまた車でも拾って戻ります。お嬢さんはあんな所にいるべき人ではない。そうでしょう?」

「でも、私がいなくなると困るんでしょう?」

「なあに、ダンテスの奴がまた新しいトンネルを掘りますよ」

と、ダルタニアンが言った。「じゃ、我々は朝にならない内に戻ります」

二人が玄関から出て行こうとする。私はいつしか、

「待って!」

と呼びかけていた。「車があるの。送りますわ。そして……私もあそこへ戻ります」

「しかし、お嬢さん——」

と言いかけたホームズ氏を遮って、

「夜はここで、昼はあそこで、二重生活をするのも楽しいわ。もっとあの近くに越してもいいし。——ねえ、この世の中、醜いことが沢山あるんですもの。ああいうきれいな所から出て行きたくないわ」

と私は言った。

「お嬢さんも変り者ですな」

とホームズ氏が微笑んだ。

「だから、あそこへ入る資格はあると思いますけど」

私は玄関のドアを開けながら言った。

死者は泳いで帰らない

1

「ではどうしても……」

市村は、未練がましく言った。

「申し訳ありませんが、お引き取り下さい」

別にこっちが謝る必要はないのだ、と思ったが、大川一江は一応丁重に言った。

「残念です、まことに」

市村は、哀れそうな様子を見せれば、一江が同情して気を変えてくれるかと期待でもしているように、ちょっとわざとらしくよろけながら立ち上った。

実際、市村は、M高校の事務長をつとめているとはいえ、まだ四十代の半ばのはずであり、少し気落ちしたぐらいで、そう弱々しくなるとは思えなかったのである。それでも、一江は、やはり二十歳《はたち》の娘として、多少は市村のそんな様子に同情を覚えた。特に、市村にしても、自分から好きでこんなことをしているのではなく、島津校長の命令で仕方なくやって来ているのだと知っているだけになおさらである。

大川一江は、玄関まで市村を送って行きながら、

「弟が水泳大会に出るかどうかが、そんなに重大なことなんですか」

と言った。

「あなたにはお分りにならんでしょうな」

市村は、ちょっと悲しげに言った。「歴史あるわが校が、存亡の危機にあるのだということ。そして、あなたの弟さんが水泳大会に出ないで下されば、わが校は救われる、ということが……」

大げさな、と一江は思った。

「たかが水泳じゃありませんか」

「それを『たかが』と考えてくれない人間もいるのですよ」

市村は手を振って、「いや——もうこれ以上お時間をとるわけにもいかない。失礼しました」

玄関で、市村が靴をはくのを眺めていた一江は、ため息をついて、言った。

「分りました。じゃ、お話だけでもうかがいますわ」

「本当ですか！」

市村が、地獄で仏という顔になる。

「でも、水泳大会に出るかどうかは、弟が決めることです。お話をうかがっても、それを弟に伝えると、お約束はできませんわ」

「結構です。ともかく――」

市村は、また茶の間に上り込んだ。もっとも、一江と弟の哲志の二人暮しのアパートである。

この茶の間の他は、台所と、奥の、寝室になっている六畳間しかない。

「――そもそもの間違いは、わが校が、資金の確たる裏打ちなしに、体育館の建設を進めてしまったせいなのです」

「ずいぶん立派なのができたとか、哲志から聞きましたけど……」

「立派すぎるほどね」

と市村は肯《うなず》いた。「ところが、あてにしていた寄付が、半分も集まらなかったのですよ。――島津校長はあわてて八方駆け回ったのですが、工面できたのは、やっと六割」

「どうしてそんなことに……」

「不景気ですよ」

と市村は両手を広げて見せた。「去年までは快く、寄付に応じてくれた卒業生が――みんな社長クラスの連中ですが――みんな経営が苦しくて、寄付どころじゃない、というわけです。全く、母校を愛する精神など、不況風に儚《はかな》く吹き飛ばされてしまったのですよ」

市村は嘆いているが、一江は、会社が危いというのに、何十年も前に卒業した高校に金を出せという方が無理じゃないかと思った。

「校長は困り果てました」

と市村は言った。「このままでは、建設会社から訴えられるのは必至です。そこへ、不足分を出してもいいという人が現れたのです」

「それは良かったですね」

「今、あなたの弟さんと同学年にいる、酒木和宗君の父親です。酒木さんは大地主でしてね、土地を貸した地代で、何十億の身代を作った人なんです。もちろん、土地の売買、その他、色々と手広くやっているようですがね」

何十億！——一江などには、およそ現実感のない数字である。

「では、その方が、不足分を埋め合わせて下さったんですか」

「そうです。——いや、実際にはまだなんですが、払うと約束して下さっています」

市村は、ちょっと言葉を切って、「ただし、条件があるのです」

「条件？」

一江は訊《き》き返した。

「息子の和宗君が、今度の高校水泳大会で、本校の代表として出ること、というのです」

「でもそれは——」

「もちろん校内大会があり、その優勝者が出場する決りです。——酒木さんは、金儲《もう》けに忙しかったのか、結婚が遅く、当人はもう七十歳近いのです。つまり、十七歳の和宗君は、孫といっていいくらいの年齢なのですよ」

一江はじっと市村の話に聞き入った。段々、市村の言わんとするところが分って来たのである。

「奥さんは五、六年前に事故で亡くなりましてね、酒木さんが愛情を注がれるのは、息子の和宗君だけなのです。それだけに、正に溺愛《できあい》といってもいい可愛がり方で」

「それはそうでしょうね」

「ところが――まあ、はっきりいいますと、和宗君は、父親ほど切れる頭をしていない。つまり――勉強の方で抜きん出るのは、ちょっと無理なのですよ」

市村は言いにくそうに咳《せき》払いをした。「そこで、唯一、得意なのが水泳というわけです。もっとも、酒木さんの所は自宅の庭にプールがあるのですから、当然といえば当然なんですがね」

「まあ、プールが！」

一江は目を丸くした。弟の哲志は、田舎にいた頃、裏の川で泳ぎを憶えたのだ。両親が、家の火事で死ぬ前だった……。

「和宗君も、確かに泳ぎは早い。おかげで、父親の方も、息子が大会に本校代表として出場するのを楽しみにしているのです」

「それで私のところへ……」

「ここまで話せばお分りでしょう」

と、市村は哀願するように身を乗り出した。

思わず一江は後ずさる。

「学校代表は一名だけです。しかし、今のままでは、酒木和宗君は二番目にしかなれない。弟さんがいるからです」

「だからといって、泳ぐのをやめろなんて……。そんな無茶なことって——」

「無茶？——そりゃ分ってますとも、ええ」

と市村は肯いた。「だからこそ、こうしてお願いに上ってるんじゃありませんか」

「お断りします」

と、一江は言った。「さっき申し上げた通り、お断りします」

「そうですか、酒木さんは、代表を選ぶ校内大会で、息子さんが優勝しない限り、一円の寄付もしないとおっしゃってるんです」

「そんな、理屈に合わないことってありますか！」

一江は、おとなしい性格だし、両親を亡くした後、弟と二人の生活を、一人で働いて支えて来た。たいていのことには我慢できる。

しかし、今はさすがに腹が立った。

「そんな筋の通らない話、納得できませんわ！」

「もちろん、筋は通りません。しかしですね、それならあなたがお金を出してくれるんですか？」

「そんなこと——」

「世の中、金のある人間の勝なんです。金がなきゃ、無理も聞かなきゃならないんです」

「学校の人がそんなことをおっしゃるなんて――」

「私だって好きでこんなお願いをしてるわけじゃないんですよ」

市村が自嘲《じちょう》するような調子で、「しかしね、現実に、あなたの弟さんが出場を辞《や》めない限り、酒木和宗君は一位になれない。そうなると、酒木氏は金を出さない。本校は訴えられる。――下手《へた》をすれば廃校に追い込まれるかもしれない」

市村の声は不安そうだ。

「だからって、インチキをしろなんて、ひどいじゃありませんか」

「じゃ、あなたは本校が潰れてもいいとおっしゃるんですか?」

一江は話をする気も失《う》せた。この調子では、話すだけむだだと悟ったのである。

「いくらおっしゃっても同じです。哲志は出るはずです」

「――そうですか」

市村の口調が急に変って、一江は、一瞬ヒヤリとした。説得しようとして必死になっていた表情が、急に消えて、全く無表情になってしまったのだ。

だが、それは、無気力な、諦め切った虚しさとは違って、度胸が座ってしまったとでもいうのか、追いつめられて、開き直ったようなところがあり、それが一江を不安にさせたのである。

「――もしかしたら、弟が決勝で負けるかもしれませんし、そんなの誰にも分らないじゃありませんか」

と一江は言って、市村の反応をうかがってみた。

「そうですな」

市村は、なぜか関心のない口調で、「――では、お邪魔しました」

と立ち上ると、さっさと出て行ってしまった。

一江は、漠然とした、得体の知れない不安に捉えられて、じっと茶の間に座り込んでいた。

何か起こりそうな、いやな予感が、まるで見えない霧のように、忍び寄って来ていた……。

一江は時計を見た。――午後六時だった。

その夜、九時を過ぎても、弟の哲志は帰らなかった。

もちろん、市のプールに寄っている。しかし、プールは八時で閉るのである。

プールから家までは、バスで五分。歩いても二十分くらいの道だ。これまでも、顔なじみの職員のおかげで、八時を過ぎても泳がせてもらったことはある。

しかし、それもせいぜい三十分だ。どんなに遅くなっても九時前には帰って来ている。それなのに……。

市村が来訪した後だったので、よけい一江は不安になった。

九時二十分になると、じっとしていられなくなった一江は、アパートを出た。

入れ違いになっても、別に構わない。ちょうど来たバスに乗って、市営プールへと向う。

——市営プールは、室内で、かなり立派なものである。だから、こんなに遅くまでも泳いでいられるのだ。

プール前でバスを降りると、一江は、もう入口は閉っているので、職員専用の通用口へ回った。何度も出入りしたことがある。

明りが点《っ》いているのを見て、ドアを叩く。

「はい」

返事があって、出て来たのは、顔なじみの職員だった。

「やあ、大川君のお姉さんですね」

「あの、弟は——」

「まだ泳いでますよ」

一江は胸を撫《な》でおろした。

「あんまり遅いので心配で……」

「よくやりますよね」

と、その職員は笑って、「おかげで、こっちも帰れません」

「申し訳ありません」

と、一江は頭を下げた。

「いや、いいんですよ」

と、まだ三十前の、若いその職員は手を振って、「大川君は本当に真面目《まじめ》によくやりますね。こっちも、もう時間だよ、と言い辛《づら》くてね。でも、いくら何でもそろそろ言いに行こうかと思ってたんです」

一江は、その職員について、〈プール〉と書かれた矢印に沿って歩いて行った。

「――全校の代表は間違いなしだ。楽しみですよ、全国大会が」

職員の言葉に、一江は、ちょっとぎごちない微笑を浮べた。

「――おや、いないな」

二人はプールサイドに出て来て、足を止めた。――がらんとして、人の姿はない。

天井が高いので、よけいに広々として見える。

水の、湿った匂いが立ちこめていた。

「もう出て、シャワーでも浴びてるんでしょう」

「じゃ、表で待ちますから――」

と言いかけて、一江は言葉を切った。

プールの底に何かが見えた。水面が揺れて乱れるので、よく分らないが、ともかく何かがプールの底にある。

「どうしました？」

と、一江の様子に気付いた職員は、彼女の視線を追って、プールへ目を向けた。

プールの底に、誰かが沈んでいる。

「――大変だ」

その職員が、靴をぬぐと、プールへと飛び込んだ。

「――哲志！」

一江の目にも、それが人間であることは分った。そして、おそらくは、弟に違いないということも……。

「哲志！」

一江はもう一度叫んだ。そして自分も水面に身を躍《おど》らせた……。

2

「コーヒーでも淹《い》れましょうね」

と私は言った。

「すみません……」

大川一江は涙を拭《ぬぐ》った。――ここいらで、少し気を鎮めてもらった方がいい、と私は判断したのだ。

私はホームバーの所へ歩いて行って、コーヒーを淹れた。アルコールの類はぐっと少なくなって、今は、専《もっぱ》らソフトドリンクが並んでいる。

「――それにしても」

と、私は声をかけた。「どうしてここへいらしたんです？」

大川一江は顔を上げた。

「あの……噂《うわさ》をお聞きして。ここへ来ると、警察で投げ出してしまったような事件でも、もう一度調べてもらえる、って」

　一江は、ちょっとためらいがちに、広々とした居間を見回した。「でも、あんまり立派なお屋敷なので、気後《きおく》れしてしまいました」

「父が亡くなったもので、私一人でここを受け継いだんです」

と私は説明した。「遊んでいるのもいやですし、何か世間の役に立つことを、と思って、探偵の真似事をしてるんですわ」

「でも、ずいぶんお若いのに――」

「二十歳。あなたと同じです」

　一江がホッとしたように微笑む。自分は弟との生活を支えて来た身で、相手が金持のぐうたら娘（?）となれば、少々ねたましさを感じて当然だろうが、同じ年齢というので、親しみさえ感じてくれたらしい。

　本当に気立てのいい人なのだ。私だって、そう悪くない――と当人は思っている。ただ、第九号棟の仲間の一人、皮肉屋のバーナード・ショーは、私にこう言ったことがある。

「あなたが、あと、女の美点を備えれば申し分のない女性なんですがね」

　――もっとも、これはきっとショー一流の逆説で、実は彼、ひそかに私に恋しているのではないかと思っているのだが……。

ところで、自己紹介をしておかなければならない。

私は鈴本芳子。夜は、父から受け継いだ屋敷で過し、朝になると、ここから少し離れた病院の第九号棟へ戻る。

そこには、この仕事を手伝ってくれる仲間たち――シャーロック・ホームズ氏、剣豪ダルタニアン、トンネル掘りの名手、エドモン・ダンテスなどがいて、私が自由に外と第九号棟を行き来できるのも、ダンテスの掘ったトンネルを通じてなのである。

まあ、この説明でも分る通り、第九号棟の仲間たちは、みんなまともではない。しかし、自分が本当にその人物であると信じ込んでいるという一点を除けば、彼らは正にすばらしい人たちなのである。

だから私も彼らの中にいるとき、心の安らぐのを覚える。それに――今日はアリストテレスと議論をし、明日はサラ・ベルナールと会食するなどという生活が、どうしてつまらないわけがあろう！

「どうか気楽にして下さいね」

と、私は大川一江にコーヒーを出しながら言った。

「話を続けて下さい。弟さんをプールから引き上げて――」

「もう手遅れでした」

と、一江は沈んだ声で言った。「荒木さんも手を尽くして下さったし、一一九番で、すぐに救急車にも来てもらったのですが――」

「ちょっと失礼」

と私は遮って、「荒木さんというのは、プールを担当していた職員の人ですか?」

「そうです。あら、申し上げませんでした? ごめんなさい」

と一江は、少し頰《ほお》を赤くした。

これはどうやら、荒木という男と大川一江は、単に弟の死を通じてだけの知り合いではないようだ。

「それで、弟さんの死因は? 心臓麻痺《まひ》か何かですか?――いえ、そんなはずはないわね。私の所へ相談に見えたのは、そこに犯罪の匂いをかぎつけられたからでしょう」

「その通りです」

と、大川一江は肯いた。「哲志は――溺死していたのです」

「水泳の選手が溺死?」

シャーロック・ホームズ氏がパイプを口から離して、訊き返して来た。

「そう。別に何かの発作を起こしたといった形跡はないの。それに、心臓麻痺か何かならともかく、足がつったぐらいで、水泳の達人が溺《おぼ》れ死ぬはずがないでしょう」

「それはそうだ。——面白い事件じゃないか、ええ?」

ホームズ氏は、あたかも英国のインテリの書斎の如くにしつらえた自分の病室の中を、どかどかと歩き回った。これは彼が事件に興味を抱き、興奮をかき立てられている証拠なのである。

「で、警察は? 殺人事件として調査したんだろうね?」

「いいえ」

と私は首を振った。「水で溺れ死ぬのは当然だって、事故死という決定を出したのよ。だから、一江さんは私のところに相談にみえたんじゃないの」

「全くもって救い難い!」

とホームズ氏は嘆いた。「警察はレストレードの時代から一向に進歩しとらんのだからな」

「どうかしら? 一つ、一江さんの無念の思いを晴らしてあげる?」

「ぜひやるべきだと思うね」

とホームズ氏が言った。

「同感！」

入口で声がした。弾むような、その元気のいい声は、ダルタニアンだ。口ひげをちょいとたくわえたこの洒落者《しゃれもの》は、フェンシングの名手でもあり、頼りになる存在だ。

「悪人はこのダルタニアンが一刀のもとに打ち倒してやる！」

ダルタニアンは、粋なチョッキに蝶ネクタイ。少し長めのステッキをクルクルと振り回している。

「ダルタニアン、君のいけないところは、すぐにやっつけたがるところだぞ」

とホームズ氏がたしなめる。

「ためらうなどという言葉は僕の辞書にはないのだ！」

「それはナポレオンの盗作よ」

と私は笑いながら言った。

「ここにナポレオンがいなくて幸いだ」

とホームズ氏は笑顔で言った。

「――ともかく差し当りは、容疑者を当ってみることね」

私は少し間を置いて続けた。「――色々考えられるわ。たとえば、一江さんの所へやって来たという学校の事務長、市村。一江さんは市村が怪しいと思っているようよ。

帰って行くときの顔つきが、普通じゃなかったということなのよね」

「そういう女の勘は、重要な手がかりになるのだが、警察では証拠と認められまい」

とホームズ氏が、ロッキングチェアに腰をおろしながら言った。

「他に、島津校長だって考えられるわ。もし体育館建設費用が工面できなくて訴えられでもしたら、当然、校長の座は退かなくてはならないんだし」

「酒木という男は？　息子のためなら、そのライバルを殺すくらいのことはやりかねん」

「直接は手を下さないでしょうけどね」

「息子の方も疑おうと思えば疑える」

「そうね、確かに」

と私は肯いた。「ずいぶんいるわね。大変だわ」

「ねえ一人忘れてるんじゃないかい？」

ダルタニアンが愉しげに言った。

「誰のこと？」

「そのプールの職員さ」

「荒木って人？――まさか！　一江さんは信じ切ってたわ」

「ダルタニアンの言うのはもっともだよ」

とホームズ氏が加わる。「ともかく、彼は、事件の現場にいたわけだからな」

「それはそうだけど……」

「当の荒木の話はどうなのかな？」

「警察は事故と断定したわけで、その点、管理上の責任を問われてはいるらしいけど、最初から、殺人事件として扱われていないんだもの、話なんか聞いてないのよ」

「怠慢だな！」

ホームズ氏はため息をついた。

「分ったわ。ともかく一度、荒木さんって人に会って話を聞くことにしましょう」

「そうしてくれ。ともかく、殺されたとなれば、犯人がプールに出入りしているはずだからな」

「それはそうね」

「それも一人ではないかもしれない。死体は、怪しまれもせずに事故と断定されたというのだから、目立つ外傷はなかったのだろう。人一人、水の中へ、溺死するまで押え込んでおくのは容易でないぞ」

私は肯いた。

「それに、死亡推定時間は？」

「正確には分らないらしいんだけど……。たぶん発見の一時間ぐらい前、だから八時半頃ってことかな」

「つまり、一般の客が全部出た後、ということになるだろう。ますます、荒木という男が何も知らないはずがないということになる」

「そうねえ……」

私は考え込んだ。「でも――彼が怪しいなんて言ったら、一江さんは、きっとショックだろうな」


「あの――荒木さんです。こちらが、弟の事件を調べて下さってる、鈴本芳子さん」

大川一江が、照れくさそうに紹介する。

二カ国語放送で、〈主〉では紹介の言葉、〈副〉で「私、この人が好きなんです」とでも言っている感じ。

「お若いんですね。彼女と――一江さんと同じくらいですか」

「ええ。ただ、私自身は探偵ではなく、いわば使い走りなんです。探偵は――ちょっと事情があってあまり出歩けないものですから、私が人とお話したりする役をしているんですの」

　私は早口で説明する。あまりあれこれ訊かれても困ってしまうからだ。

「ええと……じゃ、早速ですけど、あの日、哲志さんがプールへ来たのは何時頃でしたか？」

「いつもの通り、六時くらいかな。——学校のプールが、暗くて入っていられなくなると、こっちへ来るわけです」

「六時。じゃ、そのときはまだ中のプールには一般の人がいたわけですね」

「そうです。平日ですが、結構利用客は多いんですよ。特に勤め帰りのＯＬやサラリーマンが寄って一泳ぎして行くんです」

「じゃ、八時までずっと満員？」

「いいえ、そういう人はせいぜい一時間で出て行きます。だから、哲志君も、いつも来てすぐは泳ぎません」

「どうしてです？」

「混んでちゃ、練習できませんものね、人にぶつかって」

「ああ、なるほど。それじゃ、何をしてるんです？」

「いつも——あの日も同じですが——プールの方をチラッと覗《のぞ》いて、混んでるから、と言って、靴や荷物をロッカーへ入れて、近くのラーメン屋へ行っていました」

「お腹空くでしょうからね」

「そして七時頃、戻って来る。そろそろプールが空き始めます。そこで着替えて入るんです」

「じゃ、泳ぐのはその後？」

「そうですね。八時までが規則ですが、哲志君は特別だというので、誰もいなくなった後、泳がせていたわけです。――その点で責任を取れと言われれば一言もありませんがね」

「あの日、八時以降、残っていたのは、哲志君だけですか？」

「もちろんです。他の人は全部出してしまいますからね」

「どこかに隠れているとか――」

「見ますよ。一応、これでも監視員ですからね」

「後はずっと哲志君一人だったんですね」

「そうです」

と荒木は肯く。

「でも誰かが入った。違います？」

「そうでなきゃおかしいんですね」

荒木は首を振って、「しかし、僕の見ていた限りでは誰も……」

「席にはずっと着いていたんですか」

「席に？　いや、入口の戸締りとか、色々仕事はあるんですよ。だから、その間に誰かが裏口から入ろうと思えば――」

「裏口の鍵《かぎ》は？」

「かかっています。それを何とか開ける必要はあるんですがね」

「その後はずっと裏口の方の部屋にいるんですか？」

「ええ、そうです。いや――」

と、荒木はちょっと考えて、「一度電話をかけに外へ出ましたね」

「中に電話は？」

「私用電話には上司がうるさいんです。特に市外通話なんて、ばれると大変ですからね」

「電話はどこまで行ってかけたんですか？」

「外へ出て、左へ行くと、すぐ電話ボックスがあります」

「裏口が見える位置ですか？」

「ええ。でも、ずっと見ちゃいませんでしたけどね」

「何分ぐらい話しました？」

「ええと——五、六分だと思います」

「そのますぐに戻ったんですね」

「そうです」

「そのときプールは覗いて見ましたか？」

「いいえ。練習中に邪魔をすると、却《かえ》って悪いと思いましてね」

「そのままその部屋にいると、一江さんがやって来た……」

「そうです」

「電話をかけに出たのは、何時頃です？」

「大体……八時半ぐらいじゃないかな」

大川哲志が溺死したと想像される時間と同じである。——しかし、たった五、六分の間に、そんな頑健な若者を溺れさせることができるだろうか？　しかも、荒木が戻る前に、犯人は逃げ出したに違いないのだから。

「——その晩の、利用客の顔は憶えていますか？」

「いや、とても一人一人はね」

と、荒木は苦笑した。「年中来る顔が多いので、却って、いつ来たかは分りませんよ」

「じゃ、その晩、珍しく来た人は？」

「そうですね……。ああ、今思い出したけど、一人いましたね。初めてじゃないかと思ったたな。変な人で、着替えたものの、プールの端っこに座っていて、足だけ水にパチャパチャやってましてね。全然泳ごうとしないんです。八時のときにはいなかったな。途中で帰ったんでしょう」

「どんな男でした？」

「ええと……」

荒木が、しばらく考えてから、ポツポツと特徴らしきものを挙げると、大川一江が、

「待って！」

と声を上げた。「その人――それはきっと、市村よ！　そっくりだわ！」

3

「――どなたです？」

学校の応接室へ入って来た市村は、ずいぶんと老《ふ》け込んだ感じの中年男だった。

見た目には、髪が白いとか、しわが多いというわけではないのだけれど、全体から受ける印象は、どこか年寄じみていて、いつも疲れているのではないかという気がする。

「鈴本芳子と申します」

と私は挨拶《あいさつ》した。

「で、何のご用ですか?」

市村は、早く済ませてほしいという顔で椅子に浅く腰をおろした。

「大川哲志君が水死したことについて、調査しているんです」

市村は、目に見えて、表情を固くした。

「あんたは誰です?　何の権限で――」

「私は――まあ、一応私立探偵みたいなものだと申し上げておきますわ」

「帰ってくれ!　そんないい加減なことを言って、週刊誌か何かにでっち上げの記事をのせる気だろう!」

声を震わせながらそう言うと、市村は立ち上って、応接室を出て行こうとした。が、ドアを開けたとたん、何かにはね飛ばされたように、部屋の中へ転がり込んで来た。

「まだ話は終っていませんよ」

クルクルとステッキを器用に回しながら入って来たのは、ダルタニアンである。

「な、何をするんだ……」

市村は早くも青くなっている。

「単刀直入に伺《うかが》います」

と、私は言った。「あなたは哲志君が水死した日、姉の一江さんに、弟さんを水泳大会に出さないようにしてくれと話をしましたね？」

「そ、それは……確かに」

市村は床に座り込んだまま、言った。

「そして、その後、あなたはプールへ行きましたね。哲志君が水死したプールへ」

「そんなことは知らん！　プールなんぞへは行かん！」

市村は首を振った。そのとたん、ダルタニアンの右手が、目にも止まらぬほどのスピードで動いた。同時に、すうっと銀色の光が走って、それが、市村の頭上をかすめた。サラサラと、髪の毛が市村の膝《ひざ》に落ちた。

「アッ！」

と叫んだきり、市村は真っ青になる。

ダルタニアンは、仕込み杖《づえ》の、白い刃を静かに納めながら、

「もう一度やると、はげになるかもしれませんよ」

と言った。

「答えて下さい。プールへ行ったんでしょう?」

私が重ねて訊くと、市村は仕方なく肯いた。

「行ったよ。しかし……私はあの事件には何の関係もないんだ!」

「それなら、何の用で行ったんです?」

「それは——言えない」

と、市村が言うと、ダルタニアンの手がステッキから、白い刃をスッと抜き出す。

とたんに市村は飛びすさって、

「待ってくれ!」

と、頭を低くして、両手で髪の毛を押えた。

「話して下さい」

「それは……つまり、偵察だ」

「偵察?」

「大川君の調子を見て来いと言われたんだ」

「誰に？」

市村がためらう。ダルタニアンが一歩前へ出ると、市村は口を開いた。

「校長だ」

「島津校長？」

「そうだよ」

「で、あなたはどう報告したんです？」

「相変らず速い、と言ったよ」

「校長は何と？」

「何もおっしゃらなかった。ただ、黙って肯いたきりで……」

私は立ち上った。

「まあいいわ。信じましょう。――もう一つ伺いますけどね」

「な、何だね？」

「私がプールへ行ったかと訊いたら、あなたは、『あの事件には何の関係もない』と言いましたね。哲志君の死は、事故ということになっています。でも、あなたが、あれを事故だと思っているのなら、『あの事件』などという言い方はしないでしょう。つまり、あれが事故でなかったとあなたは思っている。それとも知っているんですか?」

市村は、何か言いかけたが、そのまま口をつぐんでしまった。この男にいつまでも構ってはいられない、と私は思った。

「答えはゆっくり考えておいて下さい」

そう言って、私は応接室を出た。ダルタニアンが、もちろんドアを開けてくれた。


「頑張れ!」

太い男の声が、植込みの向うから響いて来た。

「ここらしいわね」

と私は言った。

「外はいいな。陽を浴びるのはすばらしい」

ダルタニアンは、道を歩きながら、軽くダンスのステップを踏んでいる。——さながら、十九世紀末のフランスの伊達《だて》男というイメージである。黒の上衣《うわぎ》に蝶ネクタイ、グレーのズボン、ソフト帽。

ステッキがいかにもよく似合っている。

「夕方には帰らないといけないんでしょ」

と私は腕時計を見て言った。「さて、このお屋敷はまた凄《すご》い広さね」

鉄柵《さく》の奥に植込みがあって、その奥がプールらしい。酒木邸は、私の家とはまたスケールの違う大邸宅だった。

水のはねる音がした。

「よし！　いいタイムだ！」

どうやらあれが父親らしい。息子を鍛えているところなのだろう。

「どこから入るのかしら」

と私は言った。「それに、会ってもらえるかどうかも問題ね」

「会うのです！　会ってもらう必要などありません」

と、ダルタニアンは平然と言った。「――幸い、そこに裏門らしきものがありますよ」

「ええ、でも鍵がかかってるわ」

「任せて下さい」

と言うなり、ダルタニアンは、二、三歩助走をつけただけで、フワリと空中に飛び上っていた。

何という身の軽さだろう。鉄柵に軽く足をかけたと思うと、ダルタニアンの体は、内側にあった。

真っ昼間、人通りも全くないというわけではないのに……。しかし、たとえ、通行人が目の前で今の技《わざ》を見ていたとしても、それが現実のことかどうか、自分の目の方を疑うのではないだろうか。

裏門の方で、ガチャガチャと音がして、すぐに、重い扉が開いた。

「さあ、中へ」

と、ダルタニアンが促す。

「家宅侵入罪ね」

「勇士はそんなことを恐れていてはいけません。正義のためならこの程度のことは許されます」

警察もそう考えてくれるといいんだけど、と私は思った。

植込みの陰を進んで行くと、立派なプールが見えて来た。

「よし、もう一度だ!」

と、父親らしい男の声。

「――もう勘弁してよ!」

と、息子の方は喘ぎ喘ぎ言っている。

「そんなことでへこたれてどうする？　校内大会は三日後だぞ！」

「だからって、やりすぎたら、当日までにへばっちゃうよ！」

「うん……。まあ、それもそうだな。しかしこれくらいでへばっていては、一位になれんぞ！——まあいい。今日はこれで終りにしておこう」

「助かった！」

と、息子は、家の方へと駆けて行く。

私は、植込みの陰から出て、酒木の方へ歩いて行った。

「——誰だね？」

と、酒木がいぶかしげに言った。

スポーツシャツに身を包んではいるが、そのせり出した腹は隠しようもない。

「失礼ですが、酒木さんですね」

「そうだ」

「息子さんと同じ高校の生徒だった、大川哲志君をご存知ですね」

「大川？——ああ、あの溺れ死んだ生徒のことか」

「息子さんと水泳の代表を争っておられたとか」

「そうだ。しかし、今や息子の優勝は間違いない」

「私は、その大川哲志君の死について、真相を調べているんです」

「ほう。親類か何かかね」

「いいえ。探偵です」

「珍しいな。女の探偵か。——向うに立っている、時代錯誤なのは？」

「私の助手です」

と、私はあわてて言った。ダルタニアンに堂々と名乗られでもしたら大変だ。

「で、私に何の用だ？」

「実は、大川哲志君の死は、どうも事故とは思えないのです」

「それはそうさ」

と、酒木はあっさりと言った。「水泳の代表を争うほどの者が溺れるものか」

「すると、あなたのお考えは——」

「殺されたのさ」

と、酒木は言った。「きっと不良の仲間にでも入っとったんだろう」

「何か具体的な事実をご存知ですか」

「いいや。そんなことにいちいち気を回している暇はない」

と、酒木はタオルを取って肩にかける。「他に何か訊くことは？」

「大川君が殺されたとすると、大会に出場させないためだったとは考えられませんか」

と、私は言った。

「かもしれん」

酒木は大して気にも止めない様子で、「しかし私はやらせたりせんぞ。私の今の地位は独力で築き上げたのだ。息子にも、独力で勝利をつかませてやる」

「もし負けたら？」

酒木は、多少私のことにも興味を持ったらしく、ニヤリと笑った。

「いいかね、和宗の奴が、どうしても勝てないと分っても、私はその大川という子を殺したりせんぞ」

「じゃ、どうなさるんです？」

「学校をつぶしてやる。そうすれば学校代表も何もないわけだ」

酒木は、声を上げて笑うと、だだっ広い芝生を、テラスの方へ歩いて行く。

そのとき、テラスに出て来た男がいる。インテリ然として、背広にネクタイのスタイル。

「どうも、酒木さん——」

と、頭を下げる。

銀行員か、それともセールスマンかしら、と私は思った。

「やあ、島津さん。お待たせしたね」

「いえ、とんでもありません」

島津！　すると、あれが校長なのか。しかし、ああも生徒の父兄にペコペコと頭を下げる校長というのも珍しい。

「ああ、そうだ」

酒木は私の方を振り返り、「島津さん、あんたにもきっとあの女性が会いたがると思うが……」

と言った。

「本当に、しゃくにさわるくらい落ち着き払ってるわ、あの酒木って男」

と、私は言った。

「度胸のいい犯人か、でなければ、全く無実かだな」

と、ホームズ氏は言った。

第九号棟は、もうすっかり寝しずまっていた。といっても、色々変り者は多いので、夜中に起き出すという患者もないではない。

　だが、全体的には、やはり夜は眠りのときなのである。

「で、島津校長の話は？」

「てんで話にならないの。どんな資格で調べているのか、許可証はあるのか、誰が依頼したのか……。こっちが何も言わない内に、向うからポンポン訊いて来るの。こっちが質問する機会を与えないのよ」

「なかなか切れる男のようだね」

　ホームズ氏は微笑した。

「ともかく、酒木親子、島津校長、市村、誰にでも動機はあったでしょう。たぶん機会も」

「これといって決め手がないね」

「そうね」

　私は肯いた。「ただ――不思議なのは、どうやって、大川哲志君を溺れさせたのかということなの」

「それが分れば、犯人も自ずと分ると思うがね」

　と、ホームズ氏は言った。

「何かいい方法はないかしら」

ホームズ氏は、しばらくの間、パイプを口に考え込んでいたが、やがて、ふと目を輝かせて、

「私にちょっとした考えがあるのだがね」

と言った。

もう夜の十二時近くになっていたが、翌日にのばすのもためらわれて、私は、大川一江のアパートにやって来た。

外から見ると、窓に明りが見え、人影もチラチラと動いている。まだ起きているのだから、いいだろう。

一江の部屋のドアが見えるところまで来て、私は足を止めた。今しも、あのプールの職員、荒木が、ドアを叩いているところだった。

「はい」

と、一江の声がして、ドアが開く。「まあ荒木さん！」

「ちょっとお邪魔していいかな。――こんな時間に申し訳ないけど」

「いいえ。入って下さい」

荒木の姿がドアの中に消える。

私も探偵のはしくれである。立ち聞きというやつは好きでないのだが——嫌いでもないが——ここは仕事と割り切ることにする。

「——何のご用ですか」

と、一江の声が聞こえる。

「いや、こんなときに、こんな話はすべきじゃないと思うんだが……」

「何でしょう？」

「いや……君のことが心配でね。一人になってしまったわけだし、これからどうするか、とか……」

「心配して下さってどうも。でも、私は大丈夫ですわ」

「ねえ、その——こんなことを、今言うのはどうかと思うんだが、君は——僕と結婚する気はないかい？」

しばらく、沈黙があった。

私としては、あまりいい立場とはいえなかった。他人の結婚申し込みを立ち聞きするなんて！

およそ、名探偵にふさわしい所行とはいえない。しかし、やはり耳をそばだててしまう。

「そんなこと……」

と、しばらくして、やっと一江が低い声で言った。

「君の気持を聞かせてくれないか」

「私は……だって……こんな貧乏暮しの、何も取りえのない人間なんですもの」

「何を言ってるんだ！　僕は君が好きなんだよ。君は僕のことが嫌い？」

「いいえ！　そんなこと――」

「じゃ、いいんだね？」

「ええ――でも――」

と言ったきり、静かになる。

私としては、多少馬鹿らしくなって来た。人のラブシーンを立ち聞きしたって、ちっとも面白くない。おまけに、一江と私は同じ年齢なのである。

この後まで立ち聞きするのは、やはりプライドが許さないので、私は、帰りかけたが、廊下が暗いせいで、つい、何かをけとばしてしまった。

「――どなた？」

と、一江の声。仕方ない。今やって来た、というように足音をたてて、

「鈴木芳子です」

と名乗った。

4

「それは災難だったね」

とホームズ氏は微笑んだ。

「惨《みじ》めなもんだわ。あちらは手を握ったきりじっとしてるし、こっちは殺伐とした話ばかり。――ここにはアラン・ドロンか誰かいないの？」

「自称バレンチノがいるが、残念ながら顔だけがまるで違う」

「やめといた方が良さそうね」

「で、大川一江は、校内の代表を決める大会を見に行く、と承知したかね？」

「ええ。約束してくれたわ」

と私は言った。「二人連れでね」

「なるほど。それもいいかもしれん」

「弟の代りに出場したいくらいですって。一江さんもかなり泳ぎは達者なようよ」

「それは結構」

「おかしいのは、プールの監視をやってた荒木さんね。彼は泳ぎは嫌いなんですって」

「それはおかしいね。資格が必要なんだろう?」

「少しはできるのよ。哲志君を見て飛び込んだくらいだから。でも、苦手らしいわ。以前は、本当の監視員がいたのに、やめちゃって、それきり、職員の荒木さんがやらされてるんですって」

「それもばれたら、警察が問題にするだろうな」

「でも、どうせもうあのプールで働く気はしないから、職を変ると言ってたけど」

「すると……当日は、事件の関係者が全部集まるわけか」

ホームズ氏は何やら考え込んだ。

「被害者を除いてね」

と私は言った。

「どうかな」

とホームズ氏は言った。「せっかくだ、被害者にも参加してもらおうか?」

「第一コース、山本君、第二コース、安藤君……」

よく晴れて、水泳大会には絶好の日である。私がプールを見下ろす階段状の席へついたときは、もう予選が終っていた。

「あら、もう来ていたの？」

と、私は下の席についた大川一江に声をかけた。

「ええ、ついさっき」

と、一江は言って、「でも――荒木さんがまだなんです」

と落ち着かない様子である。

「その内、来るでしょう」

と、私は言った。「酒木さんの息子は出たの？」

「ええ、予選では断然トップでした」

「そう。――弟さんが生きていれば、弟さんが文句なしに勝っていたでしょうけどね」

「何か手がかりらしいものはあったんでしょうか？」

「ないこともないの」

と私は言った。

「本当ですか？」

「待って。もう少しはっきりするまでね」

「やあ、あんたは――」

と頭の上で声がした。

見上げると、酒木が上機嫌で立っている。

「息子さんは順調なようですね」

「後は準決勝と決勝だよ。わざわざやるまでもないようなもんだが、一応は順序を踏まんとね」

ニヤニヤしながらそう言ってから、酒木は大川一江に気付いた。「あんたは大川という子の姉さんか。弟さんは気の毒だったね」

「恐れ入ります」

「この女探偵さんが仇《かたき》をとってくれるさ」

と酒木は笑って、馬鹿力でポンと私の肩を叩いて行った。

「――不愉快な奴」

と、私は言った。「ほら、校長が酒木の隣にいるわ。市村も」

「私はあの人が犯人だと思いますけど」

と、一江は言った。「あのときの様子が、ただごとじゃありませんでしたもの」

「でも、市村に、あなたの弟さんを沈めて溺れさせるなんて芸当ができたと思う？」

「そうですね……」

「それに、ああいうタイプは、そこまではなかなか思い切ったことができないと思うわ」

「じゃ、酒木か校長ですか？」

「ともかく、見ていれば分ると思うわ」

と私は言った。

少し休憩を置いて、準決勝が始まった。

ここでも、さすがに特訓の成果か、酒木の息子が圧倒的に他を引き離した。

そして決勝。

途中、間をあけずにやるので、準決勝の最後の組で泳いだメンバーは、損をするようだった。しかし、いずれにせよ、酒木和宗の優勝は間違いないと思えた。

「では決勝に移ります」

と、女の子の声でアナウンスがある。

「第一コース、山下君、第二コース、西本君、第三コース、牛山君……」

出場者は五人。コースは六つあるので、端の一つは空いていた。第五コースが酒木和宗である。

「第五コース、酒木君」

拍手が起こった。酒木和宗は、自信満々の様子でスタート台に立つ。

ところが、そこへアナウンスが続いたのである。

「第六コース、大川君」

どよめきが起こった。酒木和宗がギョッとして、客席の父親の方を見るのが分った。

市村が、あわてて放送席へと飛んで行く。何やら、ごたごたしていて、しばらく間があってから、

「第六コースは空きです」

と訂正があった。

改めて選手たちがスタート台に立つ。

市村が私の方へやって来ると、

「あんないたずらをしたのは、あんたですな！」

と、顔を真っ赤にしている。

「さあ、私は知りませんよ」

「とぼけないでくれ！　いやがらせもほどほどに――」

そのとき、スタートの合図でピストルが鳴った。決勝は二百メートル、プールを二往復である。

一斉に選手たちが飛び込む。――と、突然、どこからか、男が一人飛び出して来た。海水パンツと、顔を半分覆《おお》うマスクをしている。そして、選手たちに遅れること数秒で、第六コースへと身を躍らせたのだ。

「――何だあれは？」

と酒木の声がした。「あいつは何者だ！」

その覆面の泳ぎ手は、しかし早かった。あっという間に、生徒たちに追いつくと、ぐんぐんとトップを行く酒木に迫り、一度目の折り返しの途中で、並んでしまった。

酒木もその男に気が付いた。必死でピッチを上げる。しかし、その男は楽々とそれに並んでしまう。そして、決して抜こうともしないのである。

「あいつをつまみ出せ！」

と、酒木が喚《わめ》いていたが、泳いでいる最中の人間を止めるのは難しい。

レースは、後半にかかった。もちろん酒木はトップだったが、第六コースの男が、ピタリとくっついている。

折り返し。——最後の五十メートルで、第六コースの泳者は、一気に酒木を引き離して、三メートル近くリードした。

そしてそのままゴール——と思ったとたんまた折り返した。

みんなが呆気《あっけ》にとられている間に、酒木ももう一度折り返していた。そして必死でピッチを上げ、ようやく第六コースの男に追いつく。しかし、そこでまたぐっと離されてしまうのだった。

「——いい加減にしろ！　何とかしろ！」

と、酒木が大声で言った。

もう、第六コースと第五コースの二人は、千メートル近く泳いでいる。

第六コースの男は正に驚くべき体力の持主だった。酒木をからかうように、追いつかれては離し、追いつかれては離した。

酒木も必死になっていた。とても止められる状況ではない。

突然、酒木の体が沈んだ。

「——和宗！」

と酒木が叫んだ。「助けてくれ！　息子を助けてくれ！　誰か！」

が、しばらくは、みんな動かなかった。まるで眼前の光景が、幻か何かのような気がしていたのだ。

「助けに行ってくれ！　いくらでも金を出す！」

と、酒木は叫んだ。「私は泳げないんだ！」

男が一人、客席から飛び出して、プールへ飛び込んだ。

「荒木さん！」

と、一江が言った。

荒木は水に潜ると、巧みに酒木和宗を引張り上げて来た。かなり長い時間だったが、一度も水面に顔を出さなかった。

「――プールには、荒木と弟さんしかいなかったのよ。すると、どういうことになるか」

と、私は言った。「荒木は、泳げない、と弟さんに言っていた。そして、弟さんが疲れて上ったとき、わざとプールへ落ち、底へ沈んだの。哲志君は、助けようと飛び込んだ。荒木はその哲志君を水の中で捕まえた。――散々《さんざん》練習で疲れていた哲志君と、もともと潜水の得意な荒木では、勝負にならなかったのよ……」

「荒木さんが――」

一江はポカンとしていた。

「市村が、プールへやって来て、荒木を買収した。でも、泳がないで帰ると、後で怪しまれると思い、一応プールに足だけつけて帰ったわけね。荒木もそのことは他の一般客に見られているから、私たちに話さざるを得なかった」

「でも荒木さんは私に結婚してくれと――」

「あのとき、彼はあなたを殺しに行ったのよ。あなたが好意を持っていることを知っていたから、ああすれば気を許すと思ってね。――抱きしめるふりをして首をしめるのは易《やさ》しいわ。私が物音をたてて、危うく助かったのよ」

荒木がずぶ濡れになったまま、上って来た。

「やあ、遅れてごめん。――すっかり濡れちゃったよ」

一江が、荒木の胸を突いた。荒木が客席の間を転がり落ちて行った。


「――すると、荒木は肋骨《ろっこつ》を折って？」

とホームズ氏が訊いた。

「ええ。病院で、命が危ないとおどしたら、やけになって、しゃべってしまったそうよ。もっとも、おどかしたのは、私が連れて行ったシュバイツァー博士だけど」

「柄の悪いシュバイツァーだ」

と、ダルタニアンが笑った。

「でも、あなたの泳ぎはすばらしかったわ」

「英雄は万能でなくてはね」

とダルタニアンは、気取って礼をした。

「一江という娘は、立ち直りそうかね」

とホームズ氏が訊く。

「大丈夫。私の家で働いてもらおうと思ってるの」

「それはいい」

とホームズ氏は微笑みながら言って、「しかし、そっちには助手ができて、どうして私にワトスンがいないのだ？――これは不公平というものだぞ」

と、渋い顔で言いながら、やたらとパイプをふかし始めた。

失われた時の殺人

1

父親の言葉を聞いて、大里祐子は、目をパチクリさせ、それから笑い出してしまった。

「回想録を書くのが、そんなにおかしいのか？」

大里和哉は、いささかプライドを傷つけられたという顔で、娘をにらんだ。

「だって、パパ——文章なんて書けるの？」

「馬鹿にするな。これでも小学校の作文の時間にほめられたことがあるんだ」

「ずいぶん昔の話ね」

「それに俺の作る報告書は読みやすいという定評があった」

どっちにしても、あんまり回想録を書くのに役には立たない、と祐子は思った。でもまあ――本人がやるというのだから、止めることもあるまい。

「じゃ、やってみたら？　ボケなくていいかもしれないわよ」

「俺はボケたりせん！」

大里はむきになって言った。

祐子は、父親を怒らせて面白がっているのである。要するに、至って仲の良い親子なのだった。

大里祐子は二十七歳。独身のＯＬだった。頭のいい上に、器量もスタイルもいいという、いささか世の不公平の象徴のような女性だったが、母が三年前に亡くなって、今は父と二人暮しだったから、家事一切をやらなくてはならず、結構多忙な毎日だった。

父親の大里和哉は、警視庁に長く在籍して警部にまで昇進、前の年に退職していた。兄弟もないので、純然たる「父子家庭」である。

その夜は、珍しく仕事が長びいて、祐子の帰りは九時近くになった。

「パパ、お腹空かしてるだろうな……」

北風が首をすぼめさせる中を、祐子は、必ずしも寒さのせいとばかりも言えない、せかせかした足取りで歩いていた。

大体、大里は警部としてはかなり優秀な人材で、何度か表彰も受けているのだが、いざ仕事を離れると、まるで子供並みに不器用で、お湯一つ沸《わ》かせないという古風なタイプの男だった。

祐子はよく言ったものだ。

「私が帰りに事故にでも遭って死んじゃったら、パパ、きっと餓死するまで座って待ってるでしょうね」

閉店すれすれに、都心のスーパーへ飛び込んで、食料は買い込んで来たのだが、それにしても、何か軽く食べて待っているという、気のきく父ではない。

祐子が急いでいるのも当り前だった。

「ああ、やっと……」

駅から歩いて十五分の距離を、寝坊したときのスピードで歩いて、七分でやって来た。

退職の一年前に、やっとの思いで買った我が家である。

庭いじりの好きな父のために、多少庭の広い家を選んだのだが、二人なら不便ないとはいえ、いかにもちんまりと肩をすくめて恐縮しているような造りだった。

玄関が見えて来て、一段と足を早めたとき、ガラリと戸が開いて、誰か、コート姿の男が出て来た。祐子は、ちょっと足を止めた。

その男は出て来ると、クルリと後ろを振り向いて、大声で言った。

「いいか！　絶対にそんな物は書かせないからな！」

そして、戸を開け放したまま、二、三歩、歩き出し、もう一度振り返って、

「どんなことをしてでも、邪魔してやる！　殺してでもな！」

と怒鳴った。

祐子はギョッとした。父の職業柄、脅迫やいやがらせも何度か受けて、少々のことではびくともしないが、この男の言葉は、まるで短剣のように突き刺さって来る。

男が、大股《おおまた》に歩いて来て、危うく祐子とぶつかりそうになった。自分もハッとした様子で、祐子の顔を見る。ずいぶん間近で、二人は顔を見合わせることになったのである。

思いの他、若い男だった。たぶん、まだ三十前だろう。――興奮しているのか、頬《ほお》を紅潮させ、目は大きく見開かれているが、見たところ、そう凶悪な顔つきというわけでもない。

むしろ、ややインテリっぽいと言ってもいいくらいである。

もちろん、顔を見合わせていたのは、ほんの一瞬だった。その若い男は、コートのポケットに荒々しく手を突っ込んで、歩いて行ってしまった。

祐子が玄関の戸を閉めて入って行くと、大里は、居間のソファに腰をおろして、難しい顔で考え込んでいた。

「——何だ、帰ったのか」

と、やっと祐子に気付いて、「腹が減ったぞ。どうなってる?」

と、気楽に言ってみせた。

「すぐご飯にするわ」

祐子はコートを脱いでソファに置いた。「——今の人、誰?」

「ん? ああ、あれか。昔知っていた男だ」

そう言うと、大里は立ち上って、「外は寒そうだな」

と、居間を出て、奥の部屋へと行ってしまった。

祐子にあれこれと詳しく訊《き》かれるのがいやだったのだろう。——祐子は、何となく不安ではあったが、無理に訊こうともしなかった。

夕食が終るのが遅かったせいで、風呂を出て寛《くつろ》ぐと、もう十二時近くになっていた。

祐子が後から風呂に入って、上ると、大里は珍しくウイスキーを飲んでいた。このところ、医者の言葉もあって、アルコールからは遠ざかっていたのである。

「どうしたの、パパ？」

「何だ、そんな格好で。パジャマにしたらいいじゃないか」

「あったかいのよ、このネグリジェは」

と、祐子は言った。「それにゆったりしてるから、体が楽で」

大里は、ちょっと笑ったが、それ以上は何も言わずに飲んでいた。そして、グラスを空にすると、

「お前、結婚したい相手はないのか」

と訊いた。

「今のところ、これっていうのに出会わないのよ」

「早く片付いてくれんと、安心して死ねんじゃないか」

「そんなこと言う人に限って、三十年は生きるんだから」

祐子は、殊更に明るく言った。

「——さっき来ていた男だが……」

と、大里は言った。

「誰なの？」

「草田俊一というんだ」

「草田？——どこかで聞いたわ」

「昔、俺の仲間だった男だ」

「ああ、思い出した」

と、祐子は肯《うなず》いた。「確か、自殺した人でしょう？」

「そうだ。よく憶えてたな」

「ママが泣いてたのを憶えてる。奥さんと仲良かったのよね」

「そうなんだ。さっき来ていたのは、その草田の息子さ」

「そうだったの。でも——何の用で？」

「俺の回想録のことさ」

「回想録？——本当に書いてるの？」

「ああ、もちろんだ。出版してくれる所も見付かった」

「驚いた！　物好きな人っているのねえ！」

「おい、何だ、その言い草は」

と、大里は苦笑した。「——あの息子、その出版社の方から、俺が回想録を書いているのを聞いたらしい」

「どうしてあんなに怒ってるの？」

大里は、禿《は》げ上った頭を、なでながら言った。

「あの父親が、どうして自殺したか、憶えてるか？」

「ええと……確か、買収されたとか何とか、疑われて、それに抗議して自殺したんでしょ？　奥さんも少しして後を追って……」

「そうなんだ」

と、重々しく肯く。

「そのことを回想録に書くっていうので、怒ってるの？　だって、みんな知ってることじゃない」

「そうだ。だが、真相は、まだ公表されていない」

「真相？」

祐子は少し身を乗り出した。「パパは知ってるの？」

「もちろんだ」

大里はグラスへ、更にウイスキーを注《つ》いで言った。「――俺はそれを書く」

祐子は、しばらくしてから、言った。

「真相は、どうだったの？」

大里は祐子を見ると、ゆっくりと首を振った。

「もう寝よう。——夜は冷える」

グラスを一気にあけると、大里は、居間から出て行った。


あの若い男がやって来てから、一カ月が過ぎた。

どうやら、父が本気で回想録を出すつもりらしいと祐子にも分って来た。

大里は庭にプレハブの離れを一棟、建ててそこを仕事場にしたのである。

もともと本は好きで、沢山持っていたのだが、それを全部、その六畳一間ほどの広さの棟に移し、壁一杯の本棚に、ズラリと並べた。机も一つ買い込んだ。

もちろんプレハブなので、建物自体は一日で組上り、中も二、三日で出来上って、祐子が呆《あき》れ顔で見ている内に、大里は毎日、その離れに「出勤」するようになっていたのである。

「あんまり頑張ると、体にひびくわよ」

と、祐子は、朝食のとき、言った。

天気はいいが、底冷えのする寒さの日である。

「ゆうべは何時頃寝たの？」

と、祐子は訊いた。

「さあ……。三時か四時くらいかな」

「そんな無茶して……。何も、そんなに急いで出す必要はないんでしょ？」

「早くやっておきたいのさ」

と、大里は言って、コーヒーをすすった。「心配するな。現役の頃は何日も徹夜で頑張ったもんだ」

「年齢《とし》が違うのよ。少し考えて」

「そんなことより、お前も早く相手を見付けろ」

と、大里は言って笑った。

「少し外へ出るといいわ。陽のある内は散歩でもして」

「ああ、自分のことは自分が一番良く分ってるさ。さあ、早く行かんと遅刻するぞ」

「ええ。――本当に無理はやめてね」

と、祐子は念を押した。

何となく、いやな予感がした――といえば、そんな気がするだけだと笑われそうだが、本当に、祐子はよほど会社を休もうかと思ったのである。

しかし、今日は他の人に代ってもらえない仕事が待っている。

祐子は、気になりながらも、家を出て、会社へと向った。

同僚の一人が急病で倒れて、その日は、予想以上に忙しかった。——途中、家にも電話しておこうと思っていたのだが、とても、そんなことをしている余裕はなかった。

七時頃に、やっと仕事を終え、会社を出る前に、電話を入れてみたのだが、誰も出ない。

例の仕事場にも電話はあるのだが、切り換えていないとつながらないのである。大里は、いつも、切り換えるのを忘れていた。

何か出前を頼んで食べればいいわ、と思って、祐子は、真直ぐに家路を辿《たど》った。

家の中は、明りも点《つ》いていなくて、冷え切っていた。離れには、窓に明りが見えている。

ストーブの火を点けておいて、祐子は、庭へ出た。離れのドアを叩いて、

「パパ!」

と呼んだ。「ただいま。——パパ、眠ってるの?」

返事はなかった。

「パパ……」

ドアのノブを回して、驚いた。鍵《かぎ》がかかっているのだ。

「パパ！　どうしたの？――パパ！」

祐子は力一杯、ドアを叩いた。

そのとき、玄関の方で、

「ごめん下さい」

と声がした。

走って出てみて、祐子は立ちすくんだ。――草田俊一が立っていたのである。

「あの――草田といいます。大里さんの――お嬢さんですか」

祐子は黙って肯いた。

「あの――大里さんはいらっしゃいますか」

「いるはずですけど……ドアが開かないんです」

「え？」

「手を貸して下さい！」

と、祐子は言った。

草田は、離れのドアを必死に引張っていたが、

「これじゃだめだ。――窓だ。窓から入りましょう」

と言った。「壊していいんですか？」

「ええ。これだけやって、出て来ないんですもの。何か、あったんだわ」

草田は窓の方へ回ると、手近な石を取り上げて、ガラスを割った。カーテンが閉めてあるので、中は見えない。

割れ目から手を入れて、鍵を開け、窓をガラリと開けると、草田は窓枠を乗り越えて中に入った。

「大里さん！」

草田は叫んだ。「お嬢さん！　早く！」

草田がドアを中から開ける。祐子は急いで飛び込んだ。

大里は、机の上に突っ伏していた。目を閉じ、青白い顔に、すでに生気は消えていた。

「パパ！」

「僕は一一九番へかけます。この電話は？」

「切り換え式ですから」

「いや、通じますよ。発信音が聞こえてる」

草田が一一九番へ連絡しているのを聞きながら、祐子は、父の手首の脈をみた。

——もう、完全に止っている。

死んでいることは、一目見て察していた。

「パパ……」

祐子は涙も出なかった。一人で、こんな所で、そばにもいてやれずに、死なせてしまったことが、残念だった。

そして——ふと、父の頭の下になっている原稿用紙の束に目を落とした。

それはただ真っ白で、一つのマス目も埋っていなかった……。

2

「さあ、どうぞ一服して下さいな」

と、私は、庭を見渡すテラスの椅子に、冷たい飲物を運んで行った。

「どうもすみません」

大里祐子は、話し終えて、軽く息を弾《はず》ませていた。

知らない人間に、何かを説明するというのは、大変な仕事なのである。

「すばらしいお屋敷ですね」

と、大里祐子は、庭を眺めて言った。

「親譲りですから」

私はそう言って、白い椅子にかけた。「そろそろ秋の気配ですね」

「ええ。――早いものですわ。父が亡くなって、もう半年以上になるんですもの」

私は、ちょっとねたましいような気分で、大里祐子を観察した。

二十歳の私から見ると、二十七、八の女性の落ち着きと女らしさが羨《うらや》ましい。向うから見れば、私の若さが羨ましいのかもしれないが……。

しかし、美人で、知的なタイプでいながら、大里祐子には、同性から嫌われるような、とげがなかった。

「それで――」

と私は言った。「私の所へみえたのは、どういうわけなんですか？」

――私の名は鈴木芳子。この広い屋敷に、大川一江という同じ年齢《とし》の娘と二人で住んでいる。

朝までに、少し離れた病院の第九号棟へと帰る。いや、どっちへ帰るのか、はっきりしないのだが、ともかく、どっちへも、

「ただいま」

と入って行くことになるのである。

あっちにも、シャーロック・ホームズ氏や、イキな剣豪のダルタニアンや、トンネル掘りに生命をかけているエドモン・ダンテスや……。色々な「有名人」たちがいて、退屈しない。

それどころか、私の「探偵業」——未公認ではあるが——が成り立つのは、第九号棟の、優れた仲間たちのおかげなのである。

「実は——」

と、大里祐子は言った。「ここでは、もう解決済の事件を、もう一度調べて、真相を明らかにしていただけると聞いたものですから……」

「そうですか」

そのとき、大川一江がやって来た。

「お嬢様、ホームズさんが」

「あら。それじゃ、待っていていただいて」

「はい」

一江が戻って行くと、

「外国のお客様なんですか」

と大里祐子が訊いた。

「ええ、まあ……」

と、私は曖昧《あいまい》に言った。

まさかシャーロック・ホームズです、とも言えない。

「で、結局、お父様の死因は?」

「心臓発作ということでした。つまり——自然死だというわけです」

「それが納得できない、とおっしゃるんですね?」

「そう……何と言っていいのか、複雑なんですけど。ともかく、父の机の中にも、その近くにも、父が書いたはずの原稿が、一枚もないんです。出版社の人の手にも、まだ一枚も行っていません。それがまず奇妙です」

私は肯いた。

「それから、父が鍵をかけていたことです。あの部屋は、いつも鍵なんか、かけたことはありません。それも引っかかるんです」

「——殺された、とお考えですか」

大里祐子は、

「分りません」

と首を振った。「できれば、父が殺されたのでないことを、立証していただきたいんです」

「はあ？」

　私は思わず訊き返した。

「ちょっと妙かもしれませんけど」

「そうですね。だって、一応、お父様の死因は心臓発作ということになっているわけでしょう？　それならあえて――」

「ええ、それはそうなんですけど……」

　と、大里祐子は、ためらいがちに、「実は色々事情がありまして」

「その辺をお話しいただかないと、何ともできません」

　と私は言った。

　そこへ、また一江がやって来た。

「あの、お嬢さん、お客様ですけど」

「どなたかしら？」

「草田さんとおっしゃって」

「まあ」

　大里祐子が立ち上る。背広姿の青年が、足早にやって来た。

「悪かったね。つい、じっとしていられなくて」

「俊一さん、私に任せてくれればよかったのに」

私は、ちょっと戸惑《とまど》って立っていた。

「あの、こちらがお話にあった……?」

「ええ。草田俊一さんです」

祐子は、少し間を置いて、言った。「私たち、結婚することになっていますの」

「なるほど」

ホームズ氏は、パイプをくゆらしながら、言った。「つまり、二人の間に、一抹《いちまつ》の疑惑が残っていて、結婚に踏み切れずにいる、というわけだな」

「そうらしいの。――何だか、こっちはあてつけられて、馬鹿みたいだわ」

私の言葉に、ホームズ氏は笑って、

「そいつは、どうも多少の、やきもちを含んでいるようだな」

「失礼ね!――でも、そうかもしれないわ」

と私も笑いながら言った。「お二人とも、別に結婚せずに、恋人同士という関係でいたらしいの。ところが、祐子さんが妊娠してしまって、できることなら、正式に結婚し、子供も生みたいということで、ぜひ真相をはっきりさせたいらしいのね」

「なるほど。気持はよく分るね。彼女の方にしても、万が一にも、結婚相手が父親を殺した犯人だという可能性があるのでは、決心がつくまい。たとえ、その事実を避けて通っても、のちのちまで尾をひくことになる……」

「でもね、これが犯人を見付けてほしいという依頼ならともかく、殺人でなかったことを証明してくれ、って言われても……。どうすればいいかしら」

「難しく考える必要はない。結局は同じことだよ」

「え？」

　私は戸惑ってホームズ氏の顔を見た。

「つまり、調べて殺人であることが分れば、犯人を見付ければよい。それが万一、草田俊一ならば、その事実を彼女へ告げてやるしかない。別の人間だと分れば、彼女もそれで安心できる」

　ホームズ氏はいとも簡単に言ってのけた。

「そりゃ分るけど……。もう半年以上もたってるのよ？　どうやって調べればいいのかしら」

　ホームズ氏は、ニヤリと笑って、

「何十年前の事件であっても、人の記憶の中に残っている限り、解決することは不可能ではないさ」

と言った。

「大きく出たわね。——じゃ、まずどこから手をつける？」

「当然現場からだな。その離れは、まさか取り壊したりしておらんだろうね」

「そのままになってるそうよ」

「では、早速行ってみようじゃないか」

ホームズ氏はパイプをポケットへ入れながら言った。

「あれがそうです」

と、大里祐子は、庭へ降りながら、その離れを手で示した。

もちろん、わざわざ言われるまでもなく、庭の半分くらいを占めているその部屋は私たちの目に入った。

「鍵を開けましょう」

祐子がドアの鍵を開け、先に中へ入った。母屋と離れをつなぐ通路などはないので、サンダルばきでドアの前まで行き、中に入ることになる。

棟自体は、至って簡単なものである。

「どういう造りになっとるのかな?」

とホームズ氏が訊く。

「ええ、壁や何かも全部、予《あらかじ》め出来ていて、それをネジやボルトで締めるだけなんです」

「信じられん!」

とホームズ氏がため息をつく。

きっと、部屋というものは、長い時間と手間をかけて作るものと思い込んでいるのだろう。

棟は少し地面から持ち上げられていた。四隅にブロックが積まれて、その上にのせてある。三十センチくらいは地面との間隔があった。

「もちろん、雨や何かのとき、水が入らないようになっていますの。どうぞ、上って下さい」

と、祐子が言った。

サンダルを脱いで、部屋へ上る。——ほぼ正方形の、六畳間ほどの広さ。下はカーペットが敷かれ、ドアの右手の壁に窓がある。

そのガラスは、まだ割れたままだった。

「紙を貼《は》ってあったのですけど、今日おいでになるとのことでしたので、はがしておきました」

ホームズ氏は、ゆっくりと中を見回して、

「沢山の本ですな」

と言った。

実際、三方の壁は、ほとんど天井まで届く本棚で埋り、本がびっしりと隙間《すきま》なく並べられていた。ホームズ氏は、本棚の前をゆっくり歩いて行った。

「人の蔵書を眺めるのはいいものですからな……。しかし、こいつは少々、難解だな」

祐子が微笑んで、

「本から父の性格を推理なさるのは無理というものですわ」

と言った。

「というと?」

「ここを作るとき、ともかく父は書斎らしい雰囲気を作るんだ、と言い出したんです。

——ちょうど、例の回想録を出すことになっていた、出版社の方が、ともかく重々しい本を、ということで、古本屋を回り、大きな本なら何でもいいという父の言いつけで、沢山買い込んで来たんです」

「でも、お父様は本が好きでいらしたと――」

と私が言った。

「ええ。でも、父の本は、そこの下二段くらいのものですわ。本棚は壁に取り付けてありまして、ともかく、これを一杯にするんだということで……。出版社の方、車で何度も本を運んでおられたんです。大変でしたわ、いつも」

「いつも文章を書いていない人間にとっては、まず、そういう環境を作ることが必要なのですな」

とホームズ氏は肯いた。「私もいつも言っとるんですよ。いや、バルザックの奴、ちっとも最近は書こうとせんで怠けとるので、お前は少し身の周りを文学的にしろ、そうでなくては、ろくなものは書けないぞ、と――」

「あの、お父様が亡くなっていたときの状況は?」

と私は、あわてて口をはさんだ。

「え、ええ……。ほとんど今のままの状態ですわ。その机に向っていて、突っ伏していました」

ホームズ氏はゆっくりと書棚を一通り眺め終えると、本を何冊か抜き出してみた。

「掃除が行き届いていますな。これだけ本があると、埃《ほこり》っぽくなるし、本の上にも、埃がつもるものだが」

「ええ、それが不思議でしたわ」

「というと？」

ホームズ氏の目が光る。奇妙だ、とか、不思議だという言葉を聞くと、急に耳をそばだてるのである。

「父はともかく家のことをしない人でしたの。本当に縦のものを横にもしないというのは、父のことですわ」

「ふむ。それが？」

「ここの部屋も、いつもの通り、埃だらけでした。毎日、私が掃除していたんですの。ところが――」

と、祐子は本棚の方へ歩いて行って、「本にだけ埃が一向につもっていないんです。父が本の上だけ、掃除したのか、と思いましたが、そんな妙なことも考えられませんし……」

「そのことをお父様に訊かれました？」

「いいえ。いつも掃除をすると思い出すんですけど、他のときは忙しさで忘れてしまって。――それに、大したことでもありませんし」

「いやいや」

と、ホームズ氏が首を振った。「大したことかもしれませんぞ」

ホームズ氏は机の方へ歩いて行った。

スタンドは机の端に万力のようなネジで固定した形のものだった。――机の上は、至ってきれいに片付いている。

「いつも、こんなに片付いていたんですかな？」

「ええ。私がきれいにしていたんです。そうでないと、もうガラクタの山になってしまうもので」

「亡くなっていたとき、机の上にあったのは？」

「原稿用紙の上に突っ伏していたんです。それから、辞書が一冊と、万年筆……。それは下に落ちていました」

「下に？　どっちの側です？」

「左手の方ですわ」

ホームズ氏は、その方へ回って、

と訊く。

細かい所にこだわるのは、本物のホームズ並みである。

「その本棚の近くです。伏せた拍子に、机から落ちてそこまで転がって行ったんだと思いますわ」

「本棚まで？　するとかなりの勢いで転がったことになりますな」

と、ホームズ氏は言った。

「お父様はもともと心臓が弱かったんですの？」

と私が訊く。

「はい。一応お医者様から薬はいただいていましたけれど、すぐにどうというほどでもないと……」

「死因について、何かおっしゃっていませんでしたか？」

「たぶん、よほど疲れていたか、でなければ、ショックを受けたんだろう、と……」

「なるほど」

ホームズ氏は肯いた。

しばし、沈黙があって、祐子が言った。

「どの辺でしたか？」

「何かお分りになりまして？」

「これだけのことではね。『物』の次は『人』です。——ちょっとお話をうかがいたい」

「じゃ、居間の方へ、どうぞ」

ホームズ氏が先に立って、離れを出る。

祐子が私の方へそっと言った。

「面白い方ですね。まるで本物のシャーロック・ホームズみたい」

「どうも」

と私も声を低くして、「でも、当人にはそう言わないで下さいね」

と言った。

3

「思い切り馬を走らせたいところですな」

とダルタニアンがクルリとステッキを回しながら言った。

「そんなことしたら大変よ」

と私は笑って、「ここはゴルフ場なのよ。間違えないでね」

「せっかくこんなに広い馬場があるのに、もったいない！　たかが玉うちのために使うとは」

いいお天気で、ゴルフ場には、色鮮かなプレーヤーの姿があちこちに見られた。

「着る物だけは一人前ですな」

とダルタニアンが言った。

「シッ！　聞こえるわよ」

と私はたしなめた。

「君、私のことを侮辱するのかね？」

と、振り向いたのは、もう六十を越えた年寄りで、元気そうではあるが、苦虫をかみつぶしたような顔をしている。

ちっとも楽しくなさそうだ。それならゴルフなんかやらなきゃいいのに、と思うような表情だった。

「いいえ、あの――」

と私が言いかけるのを、ダルタニアンが遮って、

「私は正直なだけです」

と、頭を下げる。

これではますます悪い！

相手の老紳士はカッカして、

「そんなことを言うなら、君！　打ってみたまえ！」

と、クラブをダルタニアンの方へと放り投げた。

ダルタニアンはヒョイとそれをつかむと、まるで剣でも扱うようにクルリと回して、
ヒュッと空を斬った。

「ふむ。先端が重いですな」

「当り前だ」

「そのボールを打つんですか？」

「そうだよ」

「どこか目標は？――ああ、あの旗のところで。――承知しました。任せて下さい」

私はダルタニアンの腕をつついて、

「ねえ、私たち、仕事で来てるのよ。忘れないで！」

と囁《ささや》いたが、

「なあに、玉一つ打つぐらい、十秒とかかりません。ご安心を」

ダルタニアン、クラブを適当に両手で握ると、まるでめちゃくちゃなスタイルで、ボールの横に立ち、クラブを振り上げた。

一応は、そこここでプレーしている人たちを見ているので、どう打つか、ぐらいは分っているらしい。しかし、ひどい格好だ。

私は、せめて空振りしませんように、と祈った……。

クラブがヒュッと風を切り、パシッと音がした。そして――白いボールは、真直ぐに、青空を切って飛んで行く。

「――ホール・イン・ワンだ！」

老紳士が腰を抜かさんばかりに驚いた。

「やあ、惜しかった」

とダルタニアンは言って、クラブを老紳士の方へ投げ返した。

「凄《すご》いじゃないの！」

私も呆気《あっけ》に取られていた。

「そうですか？　私はあの旗をへし折ってやろうと思ってたんですがね」

とダルタニアンは言った。

「――いや、みごとだ！」

と老紳士は、すっかり感心の態《てい》で、「君は天才だよ」

とダルタニアンの手を握った。

「いや、なに。これで、結果に命でも賭《か》けていりゃ、外しはしなかったんですがね」

「こんなにびっくりしたことはないよ」

と、その老紳士はくり返して、「私は、迫田という者だ。良かったら、一杯おごらせてくれんかね」

「まあ！」

私がびっくりする番だった。「じゃ、あなたが迫田さんですか？　元警視の？」

「そうだが――」

と私の方を見て、「君は？」

「実はちょっとうかがいたいことがあって、捜していたんですの」

と私は言った。「私もお付合いさせて下さいな！」

「――そうか、大里が死んだのは知っとったが」

と、ビールを飲みながら、迫田は言った。

かつて、大里の上司だった人である。

「一応心臓発作ということになっているんですけど、ちょっと疑問の点が残っているんです。——それで、ぜひお話をうかがいたくて」

「何を訊きたいのかね？」

「大里さんが回想録を書こうとしていたのをご存知でしたか？」

「いや、今、初めて聞いたよ」

「何かこう——大里さんが書いて、誰かが迷惑するとかいうことがあったでしょうか？　つまり、殺してでも、それを阻止しようという——」

「うむ。あんたの言うことは分る」

と、迫田は肯いた。「しかし、普通、警察官がそんな大きな秘密に触れることはないものだよ」

「そうでしょうね」

「個人的に大里を憎んでいた奴はいくらもいるだろう。仕事柄、仕方のないことだ」

「でも、回想録に書かれて困るというのとは、ちょっと違うでしょうね」

「それはそうだな。——まあ、大里は、人柄も穏やかだったし、人望もあった。大里を殺そうとする人間は、ちょっと思い付かないがね」

「そうですか」

と、私はちょっとがっかりして肯いた。

「そうだ、あいつなら……」

と、迫田が言いかける。

「え？」

「いや、大里のことを恨んでいて、昔のことをほじくり出されると困る男が一人いる」

私は身を乗り出した。

「誰ですか？」

「草田俊一という男だ。父親は草田哲次といって──」

私はがっくり来て、ため息をついた。

迫田と別れて、ダルタニアンと駐車場の方へと歩きながら、

「やっぱり、大里さんの死は自然死だったのかもよ」

と言った。

「いや、きっと殺人ですな」

とダルタニアン。

「どうして？」

「その方が面白いです」

「ひどい理由ね」

と私は笑った。「──でも、祐子さんにどう言えばいいのか……」

そのとき、ダルタニアンが急に私を突き飛ばした。

「危い！」

という声。ヒュッと何かが空を切る音。

ステッキに仕込まれた剣が光った。──ピシッという音がして、剣が折れる。

そして、何かが路上を転がって行く。

──ゴルフボールだ。

「危いところでしたな」

とダルタニアンが、私の手を取って立たせてくれた。

「あのボール……」

「飛んで来たんですよ、グリーンの方から」

「ひどいわね！　まるきり逆の方向じゃないの！」

「直撃されたら、命がなかったかもしれませんな。この剣が折れたくらいの勢いでしたから」

私は歩いて行って、ボールを拾った。それは手の中で、パックリと二つに割れた。

「——見て。このボールの中を」

「ほう。剣で切ってやったのが、役に立ちましたか」

「この中は……火薬よ！」

「つまり、ぶつかると、そのショックで爆発した——」

「爆弾ってことなのね。——驚いた！」

「剣でショックが和らいだので助かったんですね」

ダルタニアンは涼しい顔である。

「誰かが私たちを狙ったのよ！」

「馬鹿な奴だ。こんなことをすれば、自分が犯人だと白状しているようなものですな」

「でも——クラブで打ったとして、どうしてそのときは爆発しなかったのかしら？」

「たぶん、片側だけに起爆薬が詰めてあったんでしょう。反対側を打てば爆発しない」

私は、グリーンの方を振り向いた。

「いずれにしても、犯人はゴルフの名人だわね」

「──迫田さんですか？　ええ、よく知っています」

と、祐子が言った。

「草田さんも？」

「俊一さんですか？　ええ、そのはずですわ。──迫田さんは、年中ここへ遊びにみえていましたもの。父とも親しくて」

祐子は私にお茶を出して、ソファに腰をおろした。

「──見通しはどんなものですか？」

「有望です」

と私が言うと、祐子は目を輝かせた。

「じゃ、やはり──」

「誰かが私を殺そうとしたんです」

私の言葉に、祐子が目を丸くした。そのとき、玄関のチャイムが鳴った。

「あの──ちょっと失礼します」

祐子が飛んで行く。きっと草田俊一なのだ。

恋している女性は輝いている、と思った。こん畜生！　羨ましい！

いや、こんなはしたない言葉は、うら若き乙女の吐くべき言葉ではない。

「――どうぞ、お入り下さい」

と、祐子が案内して来たのは、何だか漫画から抜け出して来たような、といっては悪いが、凄い近視のメガネをかけた若い男だった。

「こちらは、父の本を出すことになっていた出版社の方ですの」

と、祐子が紹介する。

「どうも。――安本と申します」

「ちょうど良かったわ。うかがいたいことがあったんです」

「といいますと？」

「大里さんの原稿は、一枚も受け取っておられないんですか？」

「ええ、全然です」

「書いてはいたんでしょうね？」

「そのはずです。いや、書いておられるのを見たこともありましたけどね」

「中を読みましたか？」

「いいえ」

と、安本という男は首を振った。「読ませていただけませんでした。ご当人が、まだ書き直す必要がある、とおっしゃったものですからね」

「そうですか」

私はちょっとがっかりした。少しでもその中味が分れば、と思っていたのだ。

「原稿が見付からなかったのは、本当に残念でした」

と安本は言った。

「捜されたんですか？」

「はあ。許可を得て、あそこの中をくまなく捜しましたが、一枚も見付かりませんでした」

祐子が、

「安本さん」

と言葉を挟んだ。「今日は何のご用でいらしたんですか？」

「はあ。実は——個人的な理由で」

と安本は頭をかいた。

「というと……」

「大里さんが亡くなって半年は待とうと思っていたのです。しかし、その期間も過ぎましたし」

「はあ?」

と祐子はキョトンとしている。

「僕と結婚していただけませんか」

と安本は言った。

4

「シュンとしちゃって、可哀そうみたいだったわ」

と私は言った。

「変ってるな。他人の目の前でプロポーズとは」

ダルタニアンが、リンゴをかじりながら言った。

「当人は真剣だったようよ」

私は自分のベッドに腰をかけていた。

ここは第九号棟の中である。

「あなたはどうです?」

とダルタニアン。

「どうって？」

「プロポーズされたら、受けますか」

私は肩をすくめて、

「相手次第でしょ」

と言った。

「僕ならどうです？」

「また冗談ばっかり！」

「本気も本気、大真面目ですよ」

「それならなおさらいけないわ。ナイトは、そういう想いを胸にひめておくものじゃなくて？」

笑い声がした。ホームズ氏が、いつもの通りパイプをくゆらせて入って来る。

「一本取られたね」

「なあに、諦めやしないさ」

ダルタニアンは、身軽にトンボ返りをして見せて、「恋も剣も命がけってやつさ」

と言った。

「ホームズさん、どうかしら？　大里さんの件は――」

「その出版社の[illegible]本とかいう男、断られてどうしたね？」

「しょげ返って――というより、何だか、夢遊病者みたいな様子で、帰っちゃったけど。どうして？」

「そうか。その話になる前に、もう少し話を聞きたかったな」

「ホームズさん、行ってくれないんだもの、一緒に」

「いや、色々とやることがあってね」

　ホームズ氏は言い訳した。「ともかくワトスンがおらんのだから、雑用も自分でやらなくてはならない。全く、忙しくてたまらないよ」

「ぐちってないで、そろそろ解決しちゃどうです？」

　とダルタニアンがからかう。

「そうだな、それも悪くない」

　とホームズ氏は微笑んだ。

「だって――まさか、ホームズさん……」

　と私は、ホームズ氏を見つめた。

「まあ、待ってくれ。私は色々と不自由な身だからね。単なる想像でしかものが言えないところもある」

　とホームズ氏はゆっくりと歩きながら、言った。「しかし、君らが狙われたということは確かだ。つまり、大里はやはり殺されたので、犯人がどこかにいるということになるだろう」

「よほど犯人はびくついてるんだな」

　とダルタニアンが言った。

「そうね。放っておけば、却《かえ》って安全なのに」

「そこだ」

　とホームズ氏は肯いて、「だから、犯人はびくびくしているのだ。原稿そのものを犯人は持ち出しているのだろうか？」

「たぶん――持ち出してないわ」

「そうだ」

「持ち出していれば、そんなにびくつかなくてもいいものね」

「だから、犯人は、原稿がどこかから出て来るんじゃないかと、それを恐れているに違いない」

「それを利用するのね？」

「そうだ。原稿の隠し場所が分りそうだ、という話を、流すのだ」

「犯人をおびき出すの？」

「その通り」

「でも――そんなニュース、新聞じゃ取り上げてくれないでしょ」

「出版社へ流すのさ」

「出版社？」

「あの安本という男へ、それを知らせてやるのだ」

「安本さんから犯人へ伝わるのかしら？」

「そもそも、大里が回想録を書くなんて話、どこのマスコミも取り上げていないはずだ」

「それはそうね」

「ところが、犯人と、それに草田俊一もそれを聞きつけたわけだ。安本の方から、話が伝わったとしか思えない」

「じゃ、あの安本って人が――」

「いや、共犯とは限らん。たまたま犯人が彼の知っている人間かもしれない」

「それはそうね。――で、どうやろうって言うの？」

「おびき出すにはエサがいる」

「僕がやろう」

とダルタニアンが言った。「そういう役は大好きだ」

「君は強すぎる。犯人が近寄らないよ」

「じゃ、私がやるわ」

と私は肩をすくめて、「他にいないじゃないの」

「彼女が僕より弱いっていうのか?」

と、ダルタニアンが言った。

私はダルタニアンを思い切りにらみつけてやった。


「――この六畳の中に?」

と、祐子が言った。

「そう。あるということにしておくんです」

私は、部屋の中の椅子に腰をかけた。

大里が死んでいた椅子には、何となく座る気がしない。

「離れにいると静かですね」

と私は言った。

「そうなんです。——本当に父もびっくりしてましたわ。TVとか、色々な雑音が聞こえないせいでしょうね」

「プルーストの気持が分るわ」

と私は言った。

「誰ですか?」

「マルセル・プルースト。〈失われた時を求めて〉を書いた人ですわ。やっぱり離れを建てて、それもコルクを内側に貼って、音を遮り、食事と寝るときしか出て来なかったんですって」

「まあ。それじゃ父もきっとそれを真似したんだわ」

と、祐子が微笑んで、「〈失われた時〉ね。父にとっても、回想録を書くのは、〈失われた時を求めて〉のことだったんでしょうね」

「私たちは〈失われた原稿を求めて〉ってとこですね」

「本当だわ」

祐子は、大きく息をついた。「じっとこうして座ってると、何か妙な気がしますね」

本当だった。

あまりの静けさが、耳に痛いように、こうして、何一つ動かず、何一つ音もないと、却って、部屋全体が揺らいでいるような気がして来る。

いや……何かおかしい。傾いている。

ギ、ギ、というきしむ音。どこかが、メリメリと音をたてた。

「傾いてるわ！」

私は立ち上った。

「外へ出ましょう！」

祐子がドアの方へ手をのばした。とたんに、ぐっと棟全体がかしいで、本棚から、重い本が一斉になだれ落ちて来た。

「危い！」

祐子さんのお腹に赤ちゃんが。——それが頭をかすめた。

本当にとっさの判断で、私は祐子を、机の下へと押し込んだ。よく間に合った、と我ながら感心するのだが、祐子が机の下へ転がるように入ったと同時に本のなだれが私を襲った。

本があんなに重い物だとは思わなかった。私は何冊かの本に頭を殴られて（？）気を失ってしまったのだ。

「——やっと気が付いたか」

ホームズ氏の声がした。

目を開くと、大里家の居間だ。

「大丈夫かね？」

「まあ何とか……」

私は頭をさすった。「石頭だから、大丈夫」

「良かった！　いや、責任を感じるよ。あんなひどい目に遭わせるつもりじゃなかったんだが」

「当り前だわ」

と私は苦笑した。「——どうなっちゃったの？」

「こいつがやったのさ」

ダルタニアンの声がして、振り向くと、安本が情ない顔で座り込んでいる。

「まあ、それじゃ——」

「本がおかしかったよ」

とホームズ氏が言った。「なぜ本の上には埃がつもらなかったのか？　つまり、最初、入れた本が別の本と入れかえられていたからだ」

「別の本?」

「外だけの本さ。背表紙がズラッとつながっていて、上も紙でそれらしく作ってあるが、中は空洞だ」

「どうしてそんなことを——」

「あの部屋が傾いても、本の背表紙だけをつなげたものは、固定されていて落ちない。それを見て、大里は、自分の感覚の方を疑うようになったのだ」

「ノイローゼの徴候だと吹き込んだのです」

と、安本は言った。「毎度、毎度、部屋が傾いて来る。——あの人は、もともと閉所恐怖症の気がありました」

「それでいて、娘の安全を考えると、自分だけ、他の部屋にいた方がいい、と思ったのだ。ところが、毎度、部屋が傾いて来るような強迫観念に捉えられた」

「どうやって、傾けたの?」

「車のジャッキです」

と、安本が言った。「少しずつ、目立たないくらいにやりました。——あの人は、いつか部屋に押し潰《つぶ》されるという恐怖に怯《おび》えるようになっていたんです」

「ひどいことを……」

「そう思うと、却って行かずにいられない。奇妙な心理だな。そしてあの日、とうとう心臓が参ってしまったのだ」

「そんな気じゃなかったんですが――」

と安本は言った。「ジャッキが外れて、ガクン、と落ちたのです。その拍子に……」

「万年筆がそのショックで飛んじゃったのね」

「ライトも固定されている。本棚も。となれば、果して部屋が傾いているのか、自分の感覚が狂っているのか、どっちとも分らんからな」

「鍵も自分でかけていたのね」

と私は言った。「でも原稿は？」

「私がもらっていました。あの日の分までは全部」

と安本が言った。

「どうしてそんなことをしたの？」

祐子は、怒りよりは、むしろ抑えた、厳しい口調で言った。

「お待ちなさい」

とホームズ氏が言った。「この男は、ただ雇われただけなのですよ」

「じゃ、誰が……」

と祐子はホームズ氏を見た。

「さて——」

と、迫田はクラブを手にして、「今日こそ負けられんぞ」

と言った。

白いボールが、緑の芝生の上に、鮮かだった。

私は、双眼鏡から目を離して、

「草田さんの父親が自殺した、あの事件、実際には、迫田が黒幕だったんです。その罪を、草田さんがかぶって亡くなった。——大里さんはそれを知っていて、回想録で暴露しようとしたんです」

「それで父を……」

「安本は、大里さんから、本の大体の内容を聞いていました。そうでなければ、出版社が、普通の退職警官の回想録を出すはずがありませんわ」

「そうですね」

「安本は、迫田に世話になったことがあり、大里さんの話を聞いて、それを迫田へ知らせたんです。——迫田は、安本をお金で雇って、何とか大里さんを葬ろうと考えたんですね」

「許せないわ」

と、祐子は声を震わせた。

「心配しないで。お腹の赤ちゃんに悪いですよ」

祐子は少し顔を赤らめて、

「あなたのおかげで無事でしたわ」

「お二人とも、これで安心でしょ」

「でもあの男は――」

「天罰ってものがありますわ」

と私は言った。

私たちが、調査していることを安本に知らされて、迫田は、警察が暴力団から押収していたゴルフボール型の爆弾を用意して待っていたのだ。

もっとも、私に命中しかけたのは、まぐれだろう。単に脅かすつもりだったに違いない。

私たちが歩き出したとき、迫田がいるあたりで、爆発音がして、悲鳴が上った。

「どうしたのかしら?」

と祐子が言った。

「ボールが古かったんじゃありません?　古くなると爆発することもあるらしいですよ」

と、私は言った。「ゴルフも命がけですわね」

相対性理論、証明せよ

1

A会館の前で車を降りると、市山和行はちょっと中へ入るのをためらった。

しかし、ともかくここまで来たのだ。入る他はない。

ロビーへ入ると、いかにも国際会議場らしく、広々としていて、そこここに、外国人を混えた話の輪ができている。

しかし、市山はそれどころではなかった。ロビーへ入ると、キョロキョロと中を見回す……。

「市山さん！」

と、声がして、振り向くと、二十歳ぐらいの娘が小走りにやって来るのが見えた。

「ルミさん。――お父さんは？」

「分らないの、それが」

ルミと呼ばれた娘の顔には、苛立《いらだ》ちと不安が交錯していた。

地味なワンピース姿ではあったが、それでもパッと目に付くような若々しい輝きが、その娘からは発散されていた。

市山の方も、その娘と一緒に、不安を分ち合っているはずなのだが、まだ二十四歳の青年としては、魅力的な娘に目を向ける余裕も充分にあったのである。

「――会場はどこです？」

と、市山は訊《き》いた。

「四階よ。さっきから捜し回っているんだけど、どこにもいないの」

ルミはため息をついた。「どこへ行ったのかしら？」

「ここへ来るとは限りませんよ」

と、市山は言ったが、言っている当人も、それを信じているわけではないので、あまり説得力はない。

「必ず来るはずよ」

「――ともかくまだ時間がある。そう苛々《いらいら》していても仕方ありませんよ」

「そうね」

ルミは、ふっと肩の力を抜いた。「――ありがとう。市山さんがいなかったら、私、どうしていいか分らない……」

市山は、ちょっと照れくさそうにロビーを見回した。

「ラウンジで休みましょう」

と、ルミを促す。

「ええ」

二人は、ラウンジの奥の席について、コーヒーをすった。

「――見て」

と、ルミが少し低い声で言った。

「どうしました?」

と、市山がちょっと緊張した。

「あの席の人。――まるでシャーロック・ホームズみたいじゃないの」

振り向くと、なるほど、赤いガウンにハンチング、パイプをくゆらせている男がいた。近代的なデザインのホテルには何とも不似合いであった。

「本当だ。役者か何かですかね」

「父が変装してるのかもしれないわ」

そう言って、ルミが笑った。

「いや、ルミさんの笑顔を見るとホッとしますよ」

「そう？　本当は泣きたいくらいなのよ。でも、泣いたって父が見付かるわけじゃないものね」

「同感です」

ルミはぼんやりと外へ目を向けていた。

市山は、何を言っていいのか分らず、口をつぐんでいた。——研究一筋に青春を送って来た市山は、およそ女の子をくどくというタイプではなかった。

ルミの父親、羽田哲平は、理論物理学者である。もちろん市山の師でもあった。

しかし、「学者」が少々「浮世離れ」していても通用したのは一昔前のことで、今ではエリートビジネスマン的な感覚を持っていないとやって行けないのである。

羽田哲平は、その点、典型的な時代遅れであった。市山は、そこに惚《ほ》れ込んでしまったのである。

だが、学界では羽田は「変り者」の一言で片付けられていた。特に、ほとんどの学者たちが、企業の顧問をして、ぜいたくな生活をしているのに、羽田と来た日には、一向にそんなことには興味も示さず、貧乏暮しをしていた。

いや、それどころか娘のルミが大学を中退して勤めに出るはめにすらなっていたのである。それというのも、羽田の唯一の収入源だった、某私大の講師の席も、失われてしまったからだった。

「やあ、これは珍しい」

と声がして、ルミは顔を上げた。

「あら、戸川さん」

ルミは冷ややかに言った。「相変らず、もうかっていらっしゃるようね」

戸川は、唇の端をちょっと歪《ゆが》めて笑った。

二十七歳の少壮の学者だが、「天才」の誉れ高く、マスコミにも人気があった。

しかし、市山は、戸川が別に天才でも何でもなく、ただマスコミに取り入って名を売るのがうまいだけだということを、よく知っていた。

加えて、市山の気に入らないのは、この戸川、昔からルミにしきりに色目を使っていたことである。

「珍しいですね、こんな所へ」

と戸川は、英国製らしい背広のゴミをちょっとはたき落として、「お父さんは元気ですか?」

「ええ、とても」

戸川は、ちょっと人を小馬鹿にしたように笑って、

「無理しちゃいけませんよ」

と言った。「目下失業中だそうじゃないですか」

「失業なんかしていません」

と、ルミは言い返した。

「ほう。しかし僕の聞いた所では――」

「父は学者です。研究することが仕事ですわ。その仕事は続けています。あなたにとっては、どこかの会社に雇われてお金をもらうのが仕事でしょうけど」

「なかなか手厳しいな」

と戸川は笑って、「しかし、人間、ノートを食っちゃ生きていけませんよ」

「ちゃんと私が働いています。ご心配いりませんわ」

「あなたが、ね。大学を中退して」

「いいんです。もともと大学なんて行きたくなかったんですから」

「強がりはやめた方がいいですよ」

と戸川は言って、ルミの肩へ手をかけた。「僕と結婚すれば、お父さんもちゃんと講師の職につけるし、楽ができるんだけど……」

「ご遠慮します」

と、ルミは身を引いた。

「ねえ、ルミさん」

戸川が図々しくルミの隣へ座ろうとしたので、市山がカッとして立ち上った。

「おい！　やめないか！」

戸川はニヤリ、と笑って、

「何だ、君は。――ああ、助手だったな、この子の親父さんの。早いとこ乗りかえるんだな。一緒に沈没しちまうぜ」

「大きなお世話だ」

と市山は戸川につかみかからんばかりの勢い。

「市山さん、やめて」

と、ルミは立ち上った。「行きましょう」

歩き出したルミの腕を、戸川がぐいとつかんだ。

「ルミさん、ちょっと聞きなさい」

「手をはなして」

「いいかい、僕は君のためを思って言ってるんだ」

市山が、顔を真っ赤にして、戸川へ殴りかかろうとした。そのとき、

「――ちょっと失礼」

と声が割って入った。

見れば、あの「ホームズ風」の紳士であった。

「女性の腕をつかむというのは、あまり礼儀にかなったこととは申せませんな」

「何だい、あんたは？」

と戸川が面食らった様子で言った。

「名乗るほどの者ではありません」

とその紳士は言って、「しかし、いざというときは、女性の味方をするべきだと考えている者です」

「時代遅れなことを言ってるね」

「常に変らないものの方にこそ、より価値があるのです」

「どうでもいいや」

と戸川は肩をすくめた。

何だか調子が狂ったのか、戸川は、

「じゃ、また会おう」

と、言い残して行ってしまった。

「どうもすみませんでした」

と、ルミは礼を言った。

「いや、あなたはともかく、こちらの男性があの男に殴りかかりそうな気配でしたのでね」

市山は頭をかいた。

「いや——頭に来ちゃったもんですから」

「当然ですよ、若い方としては。しかし、ああいう男には、手を出せば負けです。それを忘れないように」

その〈ホームズ風〉氏は、「では、これで——」

と一礼して、行ってしまった。

「——変った人ね」

と、ルミは言ってから、名前も訊かなかったわ、と気が付いた。

「そろそろ会場へ行きましょう」

と、市山が促す。

「ええ、そうね。父が来ているかもしれないわ」

二人は四階へ上るべく、エレベーターの方へと向った。

拍手が起こった。

会議場の演壇で、話し終えた講演者は一礼して壇を降りた。

ルミは、部屋の隅に立って、あちこちへ目を配っていた。

「ルミさん」

と、声がして、やって来たのは市山である。

「あ、市山さん。どう？」

「見かけませんね。何人か知っている顔もいたので訊いてみましたが、見ていないそうですよ」

「そう……」

「もしかしたら、気が変ったんじゃありませんか？」

「そんなことないと思うわ。ここへ来ると言って出たんですもの。気を変えてくれるようならいいんだけど……」

ルミとて、それを信じたいのだが、そうできないのが、辛《つら》いところだ。

「でも、もう講師は一人で終りですよ」

「そうね。――最後に出るつもりかもしれないわ」

「分りました。ともかく入口の方を注意していますから」

「よろしくね」

市山が行ってしまうと、ルミは軽く息をついた。

――本当にいい人だ。

父のように、社会的な成功と縁のない師についているのでは、市山の将来が心配だが、といって、今、ルミが頼れるのは、市山一人である。

市山が、こんなにも熱心に羽田を助けようとしてくれるのは、一つにはルミに恋しているせいもあって、そのことはルミとてよく分っているし、まんざら悪い気持もしなかった。

父が、認められ、どこかの大学にでも迎えられたら、安心して市山と結婚できるのだが……。

二十歳にしては、早く母を亡くしたせいか、ルミはしっかり者で、外見とは違って大人びたところがあった。

実際、変り者で（当人はそう思っていないが）、世間的な雑事に一切関心のない父は、ルミなしでは何もできない。

今日、こうしてルミがこの会場に来ているのは、父が何やら、

「物理学の根本に関わる大原則」

を発見したので、発表する、と言い出し、ここへやって来ているはずだからである。

ルミは止めたのだが、ちょっとした隙《すき》に出て行ってしまった。

ルミとしては、今の父がどんなすばらしい理論を発表しようが、受け容《い》れられるはずのないことはよく分っているのだ。笑いものになり、からかわれるに過ぎないだろう。

しかし、父にすれば、せっかくの新しい発見なのだから、一刻も早く他の研究者に知らせるべきだと思えるのだ。

ともかく、その発見で金を稼ごうとか、そんなことは一切考えたりしない人なのだから……。

「どこにいるのかしら」

最後の演者が単調な声で数式を読み上げているのを聞き流しながら、ルミは、会場から出た。

そこもちょっとしたロビーになっていて、立ち話をする人や、タバコをふかしてい

る人などがチラホラ目に入る。

ルミは、ゆっくりとロビーを歩いて行った。

——父の姿はない。

一つ、可能性があるのは、父がこの会場を捜し回っていて、見付けられずにいるかもしれない、ということである。

何しろ、めったに外出などしない人なのだ。この場所が分っていたとしても、辿《たど》りつけなくて不思議ではない。

もう一度、会場へ入ると、市山が、演壇のわきから戻って来るところだった。

「——市山さん、どうしたの？」

「いえ、ちょっと気になって」

と、市山は言った。「司会者の席へ行って、プログラムを覗《のぞ》いて来たんです」

「それで？」

「一つ、書き足してあったんですよ」

「父の名前？」

「いえ、そうじゃありません」

と、市山は首を振った。「ただ……」

「どうしたの？」

「妙なんですよ」

「何て書いてあったの？」

市山は、少しためらってから言った。

「〈相対性理論〉とあって、演者は、〈アインシュタイン〉と書いてあったんです」

ルミは目を丸くした。

「同じ名前の人かしら？」

「聞いたことありませんねえ」

市山は首をかしげる。「ともかく、もう一度ロビーを見て来ます」

「お願いしますね」

ルミは一人になると、落ち着かない気分で、会場の中を見回していた。——予感がする。

父はきっとここへ来ているのだ。ルミは直感的にそう気付いていた。

講演が終った。——拍手が起こる。

「——では、追加講演が一つございます」

と司会者が言った。

帰りかけていた客たちが、また座り込んだ。

「テーマは〈相対性理論〉。演者は……ええと、〈アインシュタイン博士〉です」

会場がざわついた。――誰かが演壇に上った。

本物のアインシュタインとよく似て、パッとしない老人だが……。

「お父さん！」

ルミは駆け出そうとした。そのとき、扉が開いて、市山が飛び込んで来た。

「ルミさん！　大変ですよ！」

「市山さん、父が――」

「え？」

市山は混乱している様子で、「あの――ともかく外へ来て下さい！」

「だめよ！　父が今、演壇に――」

「大変なんです。殺されてるんですよ」

「だって父をまず何とかしなきゃ――」

と言いかけて、「殺されてる？」

「そうなんです。ロビーの椅子に座ってるんで見にいくと……」

「誰が？　誰が殺されてるって？」

「戸川ですよ、さっき下で会った！」

ルミは愕然《がくぜん》とした。

「――私は、物理学を根底から変えてしまう原理を発見したのです」

壇上で父がしゃべっている言葉が耳に入って来たが、ルミはどうにも身動きが取れなかった。――一度に二つもとんでもないことが起こったのではどうしようもない。

「引きずりおろせ！」

「引っ込め！」

と声が飛ぶ。

若い男たちが数人、壇上へかけ上った。

ルミは、父がまるで凶悪犯か何かのように壇から降ろされるのを見た。

「――大変だ！」

誰かが駆け込んで来る。

「人が死んでる！」

「戸川君が死んでるぞ！」

会場は大混乱になった。

――ルミも市山も、まるで悪い夢の中へ放り出されたような気がして、どうすることもできなかった……。

そのロビーの騒ぎを眺めていた男は、パイプをくわえ直すと、ゆっくりと階段を降りて行った。

2

ルミは、そのドアの前に立って、もう十分近くもためらっていた。

このドアを入れば、無事には出て来れまい。——それはよく分っていた。

しかし、入らなければ、父は永久に病院入り、市山も、殺人容疑で刑務所へ行くことになるかもしれない。

自分が犠牲になれば、二人を救えるかもしれないのだ。

まるで安っぽいメロドラマのようだわ、とルミは思った。

ルミは、ドアをノックした。

「——誰だ?」

少しがさついた声がした。

「羽田ルミです」

ルミは声を押し出すように言った。

ドアが開いた。――鼻の下に、何とも申し訳のような口ひげをつけた男がニヤリと笑った。脂ぎって、いかにもぜいたくと女が趣味という顔つきである。

「来るとは思っていなかったよ」

と、男は言った。「入りたまえ」

ルミは中へ入った。ツインルームなので、中は広い。

その男の名は、大沼といった。殺された戸川の恩師で、現在の学界のボス的な存在であった。

「――話を聞こうか」

大沼はジロジロとルミを眺めながら、ソファに座り込んだ。

「お分りのはずです」

とルミは言った。

「君のお父さんのことだね」

「はい」

「気の毒に。――まあ天才かもしれないが、往々にして一線を越えてしまうものだからね……」

「あなたが引受人になって下されば、父を病院から出すことができるんです」

「なってあげたいとは思うが、私も立場というものがあってね」

「そこを何とか……」

ルミは屈辱に堪《た》えながら頭を下げた。「お願いします」

「弱ったね」

と、大沼は気をもたせるように言った。「可愛い女の子に頼まれると断れない性質だしね、私は」

「もう一つあります。市山さんのことなんですが」

「市山？　ああ、戸川君を殺したという、あの——」

「違います！　市山さんは、そんなことはしません」

「私にどうしろと言うのかね？」

「——市山さん以外にも、あの戸川さんという人を恨んでいた人がいると思うんです。教えて下さい」

大沼は笑って、

「ずいぶん無理なことを言うね、君は」

「そこを何とか——」

「私は同情心のある男だからね。聞かないでもないよ。しかし……」

と、大沼は立ち上った。「何も報酬がないのではね」

「分っています」

「分ってるって？　それなら話は早い」

大沼はニヤリと笑った。「さあ、ベッドへ寝てごらん」

ルミは、大きく一つ深呼吸して、それから、ベッドの方へ歩み寄った。

「さあ、寝てごらん。——私が診察してやろう」

父のためだ。市山さんのためだ。

ルミはベッドに横になりながら、自分へそう言い聞かせた。

「なかなか素直だな。よし……。それなら頼みを聞いてやってもいいぞ」

ルミは、大沼の手がのびて来ると、目を閉じた。——これから一時間ぐらい、じっと堪えていれば、それでいいのだ。

大沼の手が、足を這《は》い回り、ルミは身震いしながら、唇をかみしめた。

そのとき、

「ちょっとお邪魔しますよ」

と男の声がした。

びっくりして目を開けると、何だか、十九世紀の写真から抜け出して来たような、ステッキを手にした、お洒落《しやれ》なスタイルの男が腰に手を当てて立っている。

「誰だ貴様は！」

大沼が声を荒らげた。「どうやって入って来た！」

「一度に二つ質問するのは礼儀にかなっていませんな。もっとも、罪もない娘を手ごめにするのはもっと感心しないが」

「大きなお世話だ！」

「いや、やはり正義の味方ダルタニアンとしては、見捨てておけないのでね」

「ふざけるな！　警備員を呼ぶぞ！」

大沼が電話の方へと手をのばした。すると——あっという間の出来事だった。

その男のステッキから銀色の筋が走って、ヒュッと空を切ると、電話の受話器が、宙にはね上って、床へ落ちた。コードが切れている。

仕込み杖だ！——ルミは呆気《あつけ》に取られていた。

そしてヒュッヒュッと刃が鳴ると、大沼のズボンがストンと落ちた。大沼はヘナヘナと座り込んでしまった。「——さあ、参りましょう」

と、その男は、ルミを促した。

「あの……」

「ご心配なく。私はあなたの味方です」

「はあ……」

「さ、どうぞお先に」

ルミは、まるで夢でも見ているような気分で、ホテルの部屋を出たのである。


「――じゃ、父が入っている病院に？」

と、ルミが驚いて言った。

「ええ。そうなのよ」

私は肯《うなず》いて、「それであなたのことを聞いて、こうして来ていただいたの。――あ、一江さん、こちらにもお食事をね」

「はい。すぐに仕度します」

大川一江が、退《さ》がって行くと、私は、ルミという娘を眺めた。――同年代だが、なかなかチャーミングな娘である。

「あなたは……」

「私は鈴本芳子よ。この屋敷は父譲りの財産の一部なの」

「でも、どうしてあの病院のことを――」

「その辺は後で説明するわ」

と私は言った。「ともかく第九号棟では、やっとアインシュタイン博士が来たといって、大喜びしてるわ」

「父のことですか?」

「ええ。今まで、ナポレオンとか、カスター将軍とか、マルチン・ルターとかはいたけど、歴史上の人物の中でも、あまり科学者はいなかったのね。それで、やっとアインシュタインが来たといって喜んでいるわけ」

「はあ……」

「私は、あの第九号棟にいる、シャーロック・ホームズさんと、それに今夜、あなたを連れて来たダルタニアンの二人を使って、探偵業をしているの」

「ホームズ……」

「事件のあった日、あなたを見かけたそうね」

「ああ、あのときの! でも――まさか本当にホームズさんだなんて……」

「そこがいいところよ」

と私は微笑《ほほえ》んだ。「実は私たち、お父さんのお話を聞いて、調査を進めているの」

「まあ、それじゃ――」

「一つ、私たちと一緒に真相を探ってみない？」

「ええ、ぜひ！」

「結構。――あ、一江さん」

「お食事です、どうぞ」

私は、ルミを促して、食堂へ入って行った。入るなり、ルミが息をのんだ。

「――お父さん！」

「やあ、ルミ」

我らがアインシュタイン博士は、ニッコリと笑った。ルミが駆け寄って抱きついた。

いつの間にやら、ダルタニアンが覗いていて、私の方にウインクして見せた。

――やっと落ち着いたルミも席について、夕食を取った。

「――問題はね」

と、食事が終りに近くなったとき、私は言った。

「第一に、戸川を殺したのは誰なのかということ。第二に、あなたのお父さんを陥れたのが誰なのかってことね」

「別の人間でしょうか？」

「さあ、それは分らないわ。――羽田さんはいかがですか？」

羽田哲平は、キョトンとして私を見てから、言った。

「ああ、このコーヒーは実に旨《うま》いですな」

だめだわ、こりゃ。

ともかく、アインシュタインの名に恥じない変人ぶりで、「天才と狂人は紙一重」というけど、正にこの人はその「紙」じゃないかという気がする。

時として、本当に自分がアインシュタインになったかのように思い込むことすらあるようで、そうなると、第九号棟の本当の「客」になってしまうわけだ。

「差し当りは、殺人の方の謎《なぞ》が第一ね」

と、私は食後、居間で寛《くつろ》ぎながら言った。

「そうですね」

ルミは肯いて、「父は元気そうだし、安心しましたわ」

と微笑んだ。

羽田は、海外の雑誌を、貪《むさぼ》るように、読んでいる。

「――でも、なぜあの病院へ来ることになっちゃったの？」

と私は訊いた。「何しろ、ご当人に訊いても、まるでらちがあかないから」

「父にしてみれば、ちょっとホテルに滞在してるようなものなんですわ」

とルミはため息をついた。「そういう人なんです」

「――何でも、講演会で、〈アインシュタイン〉と名乗ったんですって？」

「父が名乗ったというか……プログラムにそう書いてあったんです」

「印刷して？」

「いえ、追加として、司会者のプログラムに……」

「妙な話ね」

「いくら父が変り者でも、自分の名前ぐらい分ります。でも、周囲の人は、それだけで、父が狂ったと言って……。私も頑張ったんですけど、市山さんは捕まってしまうし、どうにもできなくって」

「市山さんっていう人は、あなたの恋人？」

「さあ……」

ルミはちょっと顔を赤らめた。「はっきりそうというわけじゃありません。でも、いい人ですわ。自分の将来を棒に振ってまで、私たちの味方をしてくれます」

それはたぶん、この魅力的な娘のせいだろう、と私は思った。――私だって、なかなか魅力的なのですよ、お断りしておきますけどね。

「殺された戸川という男は？」

「若いけど、天才と言われたんです。でも、あんなにいやな人も珍しいですわ。高慢で、鼻持ちならないというか……」

ルミが顔をしかめる。

「あなたに言い寄っていたの？」

「ええ」

とルミは目を伏せた。

「――すると戸川って人は、市山さんの恋敵《こいがたき》というわけね」

「でも――私、戸川さんに心を動かしたことなんてありませんわ」

なるほど、恋敵を殺すというのは、恋人をとられそうだから殺すわけで、その心配がなければ殺す必要もないわけだ。

「その戸川って人は、かなり、敵もいたでしょうね？」

「そのはずです」

と、ルミは言った。「ですから、調べてもらえば、絶対に犯人が見つかると思うんです。それなのに、警察は、市山さんを捕まえてからは、何も調べようとしません」

「そんなものだよ」

らん！」

と、ホームズ氏が言った。「全く警察はレストレードの頃から、一向に進歩しておらん！」

ホームズ氏の口ぐせである。

「でも——何だか信じられませんわ」

と、ルミが、楽しそうに言った。「本物のホームズさんがこうして目の前におられるなんて！」

「色々おるぞ。ナポレオン、アリストテレス、ベートーヴェン、ナイチンゲール……。みんな個性の強い連中だから、共同生活は大変だがな」

私は、ルミがホームズ氏やダルタニアンのことを、少しも薄気味悪そうに見ないのが気に入った。まだ、純粋な心を持っている人なのだ。

「じゃ、ともかくこうしていても始まらないわ」

私は立ち上った。「明日から、早速調査にかかりましょうか」

「そいつは手ぬるい」

と言ったのは、フラリと入って来たダルタニアンだ。

「どうして？」

と私は訊いた。

「善は急げ。思い立ったが吉日、ともいうでしょう」

「ダルタニアンが、あんまり日本のことわざを言うと、何だか変よ」

と私は笑った。

「今夜から、取りかかるべきです」

「今夜っていっても、もう遅いわ。どこを訪ねる気？」

「殺された戸川の家です。奴は、なかなか几帳面《きちょうめん》な男で、日記をつけていた」

「ええ、知ってますわ」

と、ルミが肯いた。「あの人、思い付いたことから、お金の貸し借りまで、全部ノートをつけていたんです。戸川の日記帳って有名でした」

「そんなに？」

「ええ。でも、彼、厳重に鍵《かぎ》をかけてしまっていたはずです」

私はダルタニアンを見て、

「どうしてあなたが、その日記のことを知ってるの？」

と訊いた。

「答は簡単」

ダルタニアンは、懐から、手品のように一冊の厚表紙の本のようなものを取り出し、

「持って来たからです」

と、差し出した。

「――呆《あき》れた人ね！」

私は苦笑した。ダルタニアンは澄まして、

「大丈夫、ちゃんと代りを置いて来ました」

「何を？」

「〈小間使の日記〉を一冊」

とダルタニアンは言った。


「――呆れたもんだ」

と、羽田は、首を振った。

戸川が残した日記をめくっているのである。

「どうしてですか？」

と私は訊いた。

「戸川が発表していた研究成果は、みんな他の人間のものなんだ。それを金で買っている」

「まあひどい」

「よくみんな黙ってたわね」

と、ルミが言った。

「弱味を握っとったようだな」

「弱味？」

「そう。――たとえばT大学の教授の場合は、学部長になるために買収工作をしたとある。その証拠を、戸川は握っていて、おどかしたらしい」

「何てことでしょ！」

「まあ、こんなことだろうと思っとったよ」

〈アインシュタイン博士〉は、のんびりと言った。

「だから、お父さんみたいに、そういう弱味をつかめない人間が苦手だったのね」

「可哀そうな奴だ」

と、羽田は首を振った。

「どうして？」

「人間、自分にふさわしくない名誉を手に入れるくらい、辛いものはないよ」

羽田は、静かに言った。「その名声と、実力とのギャップで苦しむんだ。――哀れな男だ」

　戸川がさほど苦しんでいたようにも思えなかったが、自分を陥れたかもしれない相手のことを、恨みもせずに哀れんでいるところが、いかにも羽田らしい、と思った。

「すると、この日記の中に、かなり容疑者とみられる人が出て来てるはずね」

と私は言った。「これで、大分資料が揃《そろ》ったわ」

3

「ルミさん。――すみません、ご迷惑をかけて」

　面会に出て来た市山は、頭を下げた。

「やめて」

　ルミは言った。「私のせいで、こんなことになって、申し訳ないと思ってるわ」

「とんでもありませんよ」

「――でも、心配しないで。必ず犯人を突き止めてみせるわ」

「大丈夫。その内、自然に真実が分りますよ」

と、市山は言った。

どうやら、羽田から、いささか影響を受けているらしい。

「ねえ、今、有名な探偵さんに頼んで、事件を調べてもらってるの。だからもう少しの辛抱よ」

「有名な？」

「そうよ。誰だって知ってる人よ」

「へえ。——誰です？」

「ま、それは後で教えてあげる」

と、ルミは言った。「あの戸川の死体を発見したとき、あなた、そばに誰かの姿を見なかった？」

「色々いましたよ。知ってる顔も何人か」

「できるだけ思い出してみて！」

「そうですねえ」

市山は、五、六人の名を挙げた。「——でも、本当に妙なんです」

「というと？」

「僕が疑われるのも、無理ないんですよ」

と市山は言った。「あのとき、戸川は、例の大沼と話をしてたんです」

「自分の先生ね？」

「ええ。それで、大沼が何だか不機嫌そうに、ブツブツ言ってました」

「喧嘩《けんか》してたの？」

「それほどでもないようでしたが」

「それから？」

「大沼は会場の方へと戻って行きました。僕は、羽田さんを捜して、ちょうど戸川の前を通りかかったんです」

「それで？」

「そしたらあいつ、『おい、とっとと消えちまえよ』と言うんです。こっちも頭に来て、にらんでやりましたが、『目障《めざわ》りだ』と言って、ソッポを向いちまって。――よっぽどぶん殴ってやろうかと思ったんですけど、今はそれどころじゃないと思い直して、やめておきました」

「それが、どうして妙なの？」

「いや、つまりですね――」

と、市山は身を乗り出した。「あのとき、僕は奴のそばにいました。その後も、あいつの姿は見えていたんです」

「それで、死んでいるのに気付いたのは――」

「その辺を捜して、戻ろうとすると、あいつが、いやにぐったりしてるんです。で、そばに寄ってみると、刺されて死んでいたというわけで……」

「じゃ、あなたが、その辺りを捜している間に――」

「そうなんですよ」

と、市山は言った。「でも、僕が気付かない内に、誰かが戸川の所へ来て刺して行ったとは、絶対に考えられません。それなら僕が気付いてますよ」

「だって現に刺されてるのよ!」

「そこが妙なんです」

「――その点は、自信あるの?」

「あります」

と、市山は肯いた。

「困ったもんね」

と、私は苦笑した。

「そうなんです」

ルミはため息をついた。「何しろ、自分で、自分しかあの戸川を殺せなかったと証言してるようなものなんですもの」

「正直なのねえ」

私は、考えた。「――でも、そうなると、犯人の幅は、狭められて来るわね」

「どうやってやったんでしょう?」

「それにはホームズさんの金言があるわ。まず、現場を見よってね」

――私たちは、殺人のあったロビーへとやって来た。

もちろん、戸川が殺されていたソファは、新しいものと交換されているが、位置はそのままだ、ということだった。

「ここに座ってたのか」

私は、ソファの前に立った。「市山さんはどの辺を捜していたの?」

「あの隅までだと思います」

「ここに座っていて。私が歩き回ってみるわ」

――なるほど、市山の証言も間違いではなかった。

何しろ遮る物は何もなく、ちょっと頭をめぐらせば、あのソファは目に入る。

しかし、不可能ではなかったのではないか。

「──どうですか」

と、ルミが立ってやって来た。

「そうね。理屈の上じゃ可能だと思うわ。人を捜してるときですもの何秒間かは、目がまるでソファの方を向かないことだって──」

と言いかけて、「あら！」

目を見張った。──あのソファに、いつの間にやら、ホームズ氏が座っているのだ。

「ホームズさん！　いつの間に？」

「その会場からさ」

とホームズ氏はニヤリと笑った。「扉を開け、ここまで、五メートルとはない。一、二秒で来られるよ」

「ということは、中にいた誰かが、そこに来て刺して戻っても、ほんの数秒──」

「まあ、理論的には五秒間あれば充分だろうね」

「じゃ、やっぱり──」

と、ルミが目を輝かせる。

「まあ待ちなさい」

とホームズ氏が立ち上った。「凶器のナイフは？」

「そのソファの後ろに落ちていたんだそうです」

「後ろか……」

ホームス氏は、ソファを少し前へ動かして、

「――そうなると、ちょっとおかしい」

「どうして？」

「どうせすぐ人目につくに決っている。わざわざナイフをどうしてこの後ろなどへ隠したのかな」

「そうね」

と、私は肯いた。「指紋はなかった、というんだし……」

「一つ、話を聞くことにしようか」

とホームズ氏が言った。

「誰の？」

「もちろん、大沼氏の、だよ」

「――フン、今日は二人もくっついて来たのか」

大学の教授室で、大沼はふんぞり返っていた。

同じ学者でも、羽田とはこうも違うのか、と私はため息をついた。

「この間のことは、伺っておりますわ」

と私は言った。「私の部下の者がご挨拶《あいさつ》したとか」

「部下だって？」

「──ここに控えてるよ」

ドアが開いて、ダルタニアンがヒョイと顔を出す。大沼が飛び上った。

「ご心配なく。邪魔が入らないように見張っているだけですから」

と私は言った。

「な、何の用だ？」

大沼は青くなっている。

「戸川さんが殺されたときのことです」

「私は何も知らん！　私がやったんじゃない！　何も見なかったぞ！」

何も訊かない内からこう言ったのでは、何か知っているのはすぐに分る。学者といっても、他のことには頭が回らないのだろうか。

「ところで、あのとき、戸川さんと喧嘩をなさったそうですね。原因は？」

大沼は否定しかけたが、チラッとドアの方を見て、気が変ったらしい。

「まあ――ちょっとした意見の違いだ」

と肩をすくめる。

「といいますと？」

「それは――学問上のことだ、君らには分らん」

これが切り札だろう。

「あんまりそうとも思えませんね。――正直に話して下さい。こちらのルミさんも、この前、ホテルの部屋で暴行されかかったことは黙っていてあげるとおっしゃってるんですし」

「暴行？――誰がそんなことを！」

またドアが開いて、

「目撃者、ここにあり」

とダルタニアンが言った。

どうも、ダルタニアンは、最近ＴＶの時代劇の影響を受けているようだ。――大沼の方はまた青くなった。

「あれは――ただの口論だ。喧嘩じゃない」

「理由は？」

「つまりその——ささいなことだ」

「これのことですか?」

と、私は、あの日記帳を見せた。

大沼は仰天した。

「そ、それをどうして——」

「ちょっとしたルートで手に入れましたの。この内容が知れると、大変なことになりますわね」

「あいつは……」

大沼は諦めたように、息を吐き出した。「俺の恩を忘れて、勝手ばかりしておった! 自分が有名になると、私のことはうるさがりおって!」

「戸川さんをあそこまでにしたのは、あなたの入れ知恵だったんですね」

「そうだとも。私なしじゃ、あいつは何もできなかったんだ」

「そのことが詳しく書かれてますよ」

大沼は苦虫をかみつぶしたような顔で、

「それを売らんか? いくらでも出す」

と言った。

これが学者の言うことか！

「この日記帳を見たことは？」

と、私は訊いた。

「いや、初めてだ。ある、ということは知っていたが……」

「変ですな、それは」

と、それまで黙っていたホームズ氏が、言った。

「何が、だ？」

「見たこともないのに、なぜ、それを一目見て、問題の日記帳だと分ったんです？」

なるほど。大沼はぐっと詰まった。

「──あなたはよく知っていたはずですよ、この日記帳を」

とホームズ氏は言った。「これは、あなたが戸川さんに書かせていたものだったんですから」

「──どういうことですか？」

と、ルミが困惑した様子で言った。

「考えてもみなさい。こんな記録を残すことがどんなに危険なことか。──これが公になれば、戸川さんの学者としての生命は終りですよ」

「もちろん、他人の不利な秘密も書かれているが、それよりは自分の冒す危険の方がずっと大きい。違いますか?」

「それはそうね」

「というと……」

ルミは眉を寄せて、「この日記は……」

「これは、大沼さんが戸川さんを縛りつけておく証しとして、書かせていたものですよ。おそらく、戸川さんは屈辱的な思いで、これを書いていたに違いない」

「じゃ、これはもともと大沼さんのところにあったのね?」

と、私は言った。

「そのはずです。そして書くときだけ、戸川さんの手に渡った」

「でも、この日記帳は、戸川さんの所にあったわ」

「返すのを拒んだのでしょう。だから、大沼さんと口論になった」

大沼は、青ざめた顔で、宙をにらみつけていた。

「いかがです?」

と私は訊いた。

「――答える必要はない」

と、大沼はぶっきら棒に言った。

「イエス、と受け取って構いませんね」

「好きにしてくれ」

と、大沼は言った。「だが、私はやらんぞ！」

「戸川さんを殺していない、ということですね？」

「当り前だ」

「じゃ、誰が？」

「知るものか」

大沼は、すっかりふてくされていた。


「——確かに、大沼には、戸川を殺す理由はないようですな」

とホームズ氏が言った。「むしろ、戸川の方が、大沼を殺しかねない」

「そうね。自分の学者としての生命を握られているようなものね」

「あの日記帳を返したがらなかったのも当然だろうな」

「でも、それじゃ、一体誰が戸川さんを……」

と、ルミは途方にくれた様子だった。

「もう一つの方を調べてみましょう」

と私は言った。「案外、そっちの方から、問題が解けて来ることもあるのよ」

「父のことを〈アインシュタイン〉と書いた人ですか」

「そう。——あのときの司会者は誰だったの？」

「ええと……確かこの大学の先生だと思いました。そうだわ。ここの物理工学科の助教授の方です」

「ちょうどいいわ。行ってみましょう」

「一緒に行きますか？」

とダルタニアンが言った。

「あなたはいいわ。ここで待っていて」

「何だ、ちょっとおどかしてやれば、話は簡単に済むのに」

ダルタニアンはつまらなそうに言った。そうあちこちで、剣を振り回されてはかなわない！

私たちは、その助教授を訪ねた。——浜田というその助教授は、ルミに同情的だった。

「いや、羽田さんはお気の毒なことでしたねえ」

「どうも……」

「あのときは、まさか羽田さんが出るとは思ってもいなかったんです。アインシュタインだなんて、きっと誰かのジョークだろうと……」

「あの連絡は、電話か何かで来たんですか？」

と私は訊いた。

「いいえ、プログラムに書き込んであったんです」

「誰が書いたんでしょう？」

「分りません」

と、浜田は首を振って、「いや、そんなこともよくあるんですよ。こっちは講演が始まると、聴衆の席へ行ってしまいます。司会者席にはプログラムが置きっ放しで。で、戻ってみると、あれが書いてあったというわけです。たいていは、その間に、事務局の人が書いて行くんですが」

「するとあのときも？」

「いや、違うようです。あの後で、訊いてみましたが、誰も知りませんでした」

するると誰が書き込んだのだろう？

浜田は、ルミを元気づけて、送り出してくれた。

「何だか分らなくなって来たわね」

と私が言うと、ホームズ氏は、

「そんなことはない」

と言った。「段々、スッキリして来た。——ところで、ダルタニアンの奴は、どこかな？」

「そういえばいないわね。風来坊だから、あの人は……」

「あれは何かしら？」

とルミが指さしたのは、少し離れた芝生での人だかりだった。

行ってみると、すれ違った学生たちが、

「凄《すご》いな、あいつ！」

「フェンシング部のキャプテンも、アッサリやられちゃったぜ！」

と、話している。

どうも悪い予感がして、私は、その人の輪をかき分け、中を覗いた。

「やっぱり！」

ダルタニアンが、フェンシング部の学生たちを相手に、涼しい顔で、何人も一度にやっつけては、悦に入っているのだった。

4

「よかったわね！」

ルミの顔は、正に輝いて見えた。

市山が、証拠不充分で釈放されたのである。

「おめでとう」

と私は言った。

「あなたが有名な名探偵ですか？」

「え？　いいえ、違うわ、残念ながら」

と私は笑って、言った。

「ともかくお礼を言います」

「これで本当の犯人が捕まっていれば、言うことはなかったのにね」

と、ルミが言った。

「そうぜいたくは言えませんよ」

と、市山は言った。

「でも、やはり見付けなきゃね」

と私は言った。

「――さあ、行きましょうか」

「どこへ？」

「現場よ。事件を解決しなきゃ。名探偵が待ちくたびれてる頃だわ」

私たちはタクシーで、あの会館へと向った。

ロビーへ行くと、ホームズ氏がぶらぶらと歩いていた。

「やあ、来たね」

「待たせてごめんなさい」

ホームズ氏はパイプをくわえ直すと、

「実は一人、新しい証人を見付けたよ」

と言った。

「え？　誰なの？」

私が訊くと、ホームズ氏は、

「おい、来てくれ」

と、ここの従業員らしい若い女の子を呼んだ。

「さっきの話だ。——君はあの日、この会場の係だったんだね」

「はい、そうです」

いかにも健康そうな、赤い顔をした女の子は、コックリと肯いた。

「どこにいたんだね」

「スクリーンの裏です」

「案内してくれないか」

「はい。こっちです」

と、女の子は重い扉を開けて、会場の中へ入って行った。

演壇の後ろが、スライドを映し出すスクリーンになっていて、わきの戸から、その裏側へ入れる。

「ここは予備の椅子とか、何かをしまってあるんです」

と、その女の子は、積み上げられた椅子や机を手で示して、「あの日は、疲れちゃって、ここで少し休んでいました」

と言った。

「どこにいたんだね？」

「この辺です」

と、女の子はドアの近くの椅子を一つ持って行き、それに座った。

「そこに座ってたんだね。——ドアは開いてた？」

「あんまり大きく開けると会場の人から見えるんで、細く開けていました」

「何か見えたかね」

「ちょうど、司会の人の席が見えます」

「君はここにいて、その席を見てたんだね」

「はい」

「その席に、近づいた人がいた？」

「司会の人の他にですか？——ええ、いました」

「誰だったか憶えているかね」

「ええ、一人は——」

女の子は、市山を見て、「この人です」

と言った。

「その人は何か書いてたかい？」

「いいえ、席に置いてあるものを、覗いて見ただけです」

「他にもいたかね？」

「ええ、その前にもう一人」

「誰だね？」

とホームズ氏が訊く。

そのとき、

「言っちゃいけない！」

と、市山が叫ぶように言った。

「あの、捕まった人です」

と女の子が言った。

「何か書いてたかね？」

「ええ、ボールペンで、何か書いてました」

「それ以外に近づいた人は？」

「いませんでしたよ」

「確かだね？」

「はい」

「ありがとう。もういいよ」

ホームズ氏は言った。女の子は出て行きかけて、ふと振り返り、

「ああ、そういえば——」

と言った。

「何だね？」

「一人、しゃべった人が、席に戻るとき、あそこを覗いて行きましたよ」

「誰だったか憶《おぼ》えている」

「はい。殺された人です」

「他の二人より前に？」

「いえ、その間でした」

「つまり、二番目だったというわけだね」

「そうです」

「どうもありがとう」

ホームズ氏は、その女の子を送り出した。

しばらく、誰も口をきかなかった。

「——どういうこと？」

とルミが、呟《つぶや》くように言った。「つまり……あれを書いたのは、父だっていうことですか？」

「そういうことになりますな」

とホームズ氏が言った。

ルミは市山を見た。

「あなたは、それを知ってたの？」

市山は、ルミから目をそらして、

「ええ」

と言った。

「じゃ……父は……本当に自分のことを……アインシュタインだと思って……」

ルミの声が震えた。

「いつも、というわけじゃないようね」

と私は言った。「でも、第九号棟の仲間に訊くと、段々、本当にそう思い込んで来ているそうよ」

ルミはよろけた。

「しっかりして！」

と、市山が抱きとめようとする。

「大丈夫よ！」

ルミは気丈に押し戻して、「知ってて私に隠してたのね？——同情なんかしてほしくないわ！」

と叫ぶように言った。

ルミが、椅子の一つに座って、頭をかかえる。市山は死にたいような顔をしていた。

「——いいですか」

と、ホームズ氏が言った。「市山君は、あなたのお父さんと、あなたのために、自分の命を投げ出してもいいと思っているんですぞ」

「もう終りですわ……。父は一生病院で、私だって、その内、死んでしまう……」

「しっかりして」

と私は言って、ルミの肩へ手をかけた。

「さあ、肝心の殺人事件の方だ」

とホームズ氏が言ったが、ルミはさして関心もない様子だった。

「もういいです」

と、市山が言った。「どうなってもいい。——僕が戸川を殺したんです」

ホームズ氏が苦い顔で、

「困るじゃないか。それじゃ私の出番がなくなる」

と文句を言った。

「市山さん……」

ルミが、ゆっくりと顔を上げた。「まさか――」

「市山君以外には考えられんのですよ」

と、ホームズ氏が言った。「ナイフがあのソファの裏に隠してあった。隠すつもりなら、なぜ持ち去らなかったのか。それは帰るわけにはいかなかったからだ」

「でも、なぜ殺したの？」

とルミが訊いた。

「さっきの話で分ったでしょう」

とホームズ氏が言った。「いいですか、戸川があのプログラムを見て行ったのです。市山君は、それを見ていた。そして後で自分もプログラムを覗いて、何が書いてあるかを知った」

「すぐに字は分りました。羽田先生の字はいつも見ていますからね」

と市山は言った。

「そこで、急いで戸川の所へ行った。口止めするためだ」

「本当なら、講演の方を止めなきゃいけなかったんですが、とっさのことで混乱して

「……」

「戸川は何と言った？」

「言いふらしてやる。みんなに知らせてやらなきゃと言って笑いました。——僕は、たまたま持っていたナイフで、彼を刺したんです」

「ナイフをどうして？」

「独り暮しですから、ああいうナイフがあると便利なんです。缶をあけたり、栓を抜いたりするのに。それで、ついポケットに」

「そしてナイフの柄を拭《ぬぐ》って、ソファの陰へ落とした」

「迷ったんです。でも、こんなことが分れば、ルミさんもどう言われるか、と思って……」

「その間に、羽田さんは壇上に立ってしまったんだな」

「そうです。うかつでした」

「ああ、市山さん……」

ルミが絞り出すような声で言った。「どうしてそんな……」

「すみません、ルミさん」

と市山は言った。「別にあなたの責任じゃないんです。——もう僕のことは忘れて下さい」

ルミが立ち上った。きっと市山を見据えて、

「馬鹿なこと言わないで！」

と言った。

「え？」

「何としてでも、私、お金を作って、あなたに最高の弁護士をつけるわ」

「ルミさん」

「私、まだ二十歳よ。十年待っても三十歳。子供だって充分に生めるわ」

市山の顔が紅潮した。

二人はしっかりと抱き合った。私は、エヘンと咳《せき》払いして、

「ええと……この後はお二人に任せるわ。何なら、今夜どこかに泊って、明日でも警察に自首したら？」

ルミと市山が、私の方を見た。

「それからね、弁護費用ぐらい、私が立てかえてあげるわ。金持なんですから、心配しないで」

私はホームズ氏を促して、その場を離れた。

と、ロビーを歩きながら、私は言った。「どうして市山さんは、誰か怪しい奴を見かけたとか、言わなかったのかしら？」

「そこが彼の正直なところですよ」

とホームズ氏は言った。

「というと？」

「彼は自分が殺したのだから、有罪になるのは仕方ないと思っていた。しかし、それを認めれば、動機を説明しなくてはならない。それに本当に人殺しということになれば、ルミさんにも嫌われると思った」

「それで、あんなことを――」

「本当の犯人なら、他に犯人がいそうなことを言うでしょう。だから、たとえ有罪になっても、ルミさんは、無実と信じていてくれるだろう。そう考えたのですよ」

「なるほどね」

と私は肯いた。「ややこしいのね」

「何しろアインシュタインの弟子ですからね」

「ええ？」

「――ねえ」

「つまり、これも一種の相対性原理というわけですよ」

分ったような、分らないような、でも、分らないというのもしゃくなので、私は、フーンと肯いて見せた。

「——広間にいますよ、みんな」

トンネルから出ると、エドモン・ダンテスが言った。

「そう。何かの会合?」

「何でも、授業があるんだそうです」

「授業? 珍しいわね。——さ、ルミさん、どうぞ」

ルミが、顔を出して、キョロキョロと中を見回す。

「こっちよ」

第九号棟のサロンへと案内する。

大勢、集まっていた。——ナポレオンが二人、ベートーヴェン、シューベルト、といった音楽家、チャーチル、ド・ゴールといった政治家たち。それに、古くはトロイのヘレン(これが凄い太ったおばさんなのだ)まで揃っている!

私は、その一人一人を、ルミに教えてやった。すると、

「ルミじゃないか」

と声がして、羽田——いや、アインシュタイン博士がやって来た。

「お父さん！」

「よく来たな。ちょうどいい。授業を聞いていかんか」

「授業？」

「うん。相対性理論を分りやすく話すことになっとるんだ。全く骨だよ」

「聞いて行くわ」

「そうか。じゃ、後でお茶でも飲もう」

アインシュタイン博士は、真ん中へ出て行った。拍手が起こる。

「では、早速、本題に入ります」

と、博士は言った……。

「いかが？」

と私は訊いた。

「ええ……。本当に、父、楽しそう」

ルミは微笑んでいた。「どうせ世間には合わない人なんですもの。きっとここにいる方が幸せなんだわ」

私は、ルミの手を軽く握った。——あの市山青年も、腕ききの弁護士のおかげで、五、六年の刑で済みそうだ。

ルミは、前にも増して美しく見えた。

「や、これはこれは」

ダルタニアンがやって来ると、「中をご案内しましょう。さあ、お手をどうぞ」と、ルミをさっさと連れて行く。

私は、いい気分ながら、少々面白くなかった。——これも相対性原理なのかしら？

シンデレラの心中

1

湖のボート小屋の管理人、立山は、その朝も夜明け前に起き出した。

といって、立山が特に真面目《まじめ》な働き者だというわけではない。普通の会社を停年で辞めて、この小屋の管理人をしているので、もう年齢は六十代も半ばを過ぎていた。

だから、あまり眠らなくても済む。従って、いやでも早起きになってしまうのである。

それに——立山のためにも申し添えておくと——実際、夜明け前に起きるというのは、大変爽快なものである。

立山は一人暮しだったが、酒に寂しさを紛らわすということもなくて、ビールの一本も飲めばコロリと寝てしまうという、健全なタイプであった。

朝は、もう肌寒い。

すでに十月になろうとしている。――夏の間は、若者たちで、大いににぎわった湖の周辺も、今は静かなものだ。

せいぜい週末などに、キャンプをしに来る何組かのグループだけが、目につく。

もちろん立山の仕事は、ボートを貸し出すことだから、夏が稼ぎどきというわけだが、別に経営者でも何でもない立山としては、今の、閑散とした湖の方が、ずっと好きだった。

それも、この時間、白いもやが水面に、戯れるように漂っているのを眺めるのが、楽しみの一つだった。

そろそろ空は白んで来ている。西の空にはまだ、いくつか明るい星が光っていた。

立山は、アーアと大きく伸びをした。

サンダルばきで、水際の方へ降りて行く。小さく波が寄せて、パタパタと音を立てていた。

しゃがみ込んで、手を浸してみると、水は冷たかった。昼間の陽射しは、結構まぶしいのだが、もう夜の間に水温は下がってしまうのだ。

——明るくなるにつれ、少しずつもやが晴れて、湖面が見渡せるようになる。

もちろん、こんな早朝には、湖面には何も見えない……。

いや、あれは何だ？

ゆるい風に、もやが流れ去ると、黒い物が、湖面に浮いているのが見えた。

見慣れた形……ボートである。

立山は立ち上った。まさかボートが……。

ボートのつないである桟橋へと急ぐ。

五隻あるはずのボートが、一隻欠けている。ゆうべ、寝るときには、ちゃんと確かめたのだ。

「畜生！　一体誰だ？」

そのボートは、湖の真ん中あたりに浮んでいた。人の姿は見えない。

夏の間には、ときどき、こんなこともある。恋人同士で夜の湖へこぎ出して、ボートの上で楽しむというわけだ。

今の若い連中はめちゃくちゃだ、と立山は苦々しい思いであった。

大方、あのボートも、近くへ行ってみれば、二人が折り重なって寝ているのだろう。

立山は、ボートに乗り込むと、湖面にこぎ出した。すっかり慣れているから、アッという間に、そのボートにこぎ寄せる。

「こいつは……」

と立山は呟《つぶや》いた。

どうやら、ただごとではない。

ボートには誰の姿もなかった。――いや、それだけではない。

ボートには、二足の靴が、脱ぎ捨てられていたのである。男物の、ビジネスシューズと、もう一足は女物のサンダル靴であった。

それが何を意味するか、立山にも分らないはずがなかった。この二人が、泳ぐためにここへこぎ出して来たはずはない。

心中。――立山がここの管理人になって、初めての出来事であった。

ともかく、こうしてはいられない。立山は、そのボートはそのままにして、岸へこぎ戻ろうとオールをつかんだ。

向きを変えようと、右手だけを使っていると、オールがゴツンと何かにぶつかった。

水面へ視線を落とすと、まるで、カーテンか何かを通して見ているように、ぼんやりと、両目を見開いた男の顔が見えた。

立山は、決して臆病な人間ではないが、死人を見るのは初めてだ。もちろん、葬式とか何かなら、どうということもないが、こんな風に、突然、現れると、度胆《どぎも》を抜かれてしまう。

立山は必死に、ボートを操った。岸にこぎ戻ると、管理事務所へと走る。

しかし、何しろ田舎の警察である。旧式なパトカーが、調子っ外れのサイレンを鳴らしながら、駆けつけたのは、三十分後のことだった。

もう、夜はすっかり明けている……。

ふと、肩に触れる手を感じて、私は目を覚ました。

「お嬢さん、すみません」

大川一江が、ベッドのわきに立っている。

「どうしたの？　もう朝食の時間かしら？」

と私は起き上った。

そんなセリフが開口一番、飛び出すなんて、何とも意地汚ないと思われそうだが、何しろ、私はまだ若いのだ。大目に見てもらうことにしよう。

「いえ、まだです」

と、大川一江が微笑《ほほえ》んだ。「実は、何か事件があったようで……」

「事件？」

私は急に目が覚めた。

「ええ。ホームズさんが、さっき出て行かれましたわ」

「何なのかしら」

「さあ、ホテルの人にきいてみたんですけど、何でも心中らしいとか」

「心中？　この湖で？」

「はい。でも何だかおかしいらしいんです、それが」

一向に要領を得ない話だが、大川一江は、頭の切れる娘である。その彼女にして、はっきりしないのだから、確かに事態が混乱しているのだろう。

「行ってみましょう」

私はベッドから出ながら言った。

――私の名は鈴本芳子。

莫大な遺産を相続して、大きな屋敷に住んでいる。

金持などというのは、憧れている間が花で、いざなってしまうと、退屈で、気苦労ばかりが多いものなのだ。

私にとって、「第九号棟」の友人たちと、探偵業を、非公式に営んでいるのは、だから唯一の楽しみだった。

　第九号棟には、私の主なスタッフである、シャーロック・ホームズ氏と、ダルタニアンの二人の他にも、トンネル掘りの名人、エドモン・ダンテスとか、アインシュタインとか、色々な歴史上の人物が揃っている。

　本来なら、朝には病棟へ戻っていなくてはならないのに、こうしてのんびりと、湖畔のホテルで週末を過しているのは、最近、第九号棟に、アルセーヌ・ルパンが入って来たからなのである。

　このルパン氏（ホームズに氏をつけている以上、ルパンも氏をつけないと、不公平ということになろう）、小説の中で活躍している本物ほど、颯爽《さっそう》とはしていないけれど、本物はだしなのが「変装」で、声から話し方、考え方まで、初めて会った人でもたった五分でそっくりにやって見せるという特技がある。

　だから、ここは一つ、ルパン氏に「代理」を頼んで、週末の休暇旅行としゃれ込んだのだ。

　実際、小柄なルパン氏が、一分足らずの間に、長身のホームズ氏、身軽なダルタニアン、そして私にまで化けてしまう様子は、この目で見ていなければ、とても信じられるものではない。

――さて、やはりホームズ氏ともなると、事件の方で放っておかないらしい。

私は、急いでシャワーを浴びて目を覚ますと、服を着てホテルを出た。

湖のほとりに、パトカーが三台停っていて、ホテルの客らしい人や、近くのキャンパーたちが十人ほど集まっている。

ホームズ氏の長身が、その中から抜きん出て見えた。

「――どうしたの？」

と私は声をかけた。

「心中です」

ホームズ氏は振り向きもしない。ちゃんと足音で、私が来たことを知っているのである。

「気の毒に」

と私は言って、ホームズ氏のわきから、覗《のぞ》いて見た。

風が、布をめくって、中年の男と、若い女の顔を見せていた。男の方は四十代。サラリーマン風に、背広上下のスタイルらしい。

女の方は、その部下のＯＬというところか。二十四、五という顔で、なかなか美人だった。

「死んじゃったら、おしまいなのにね」

と私は首を振った。「道ならぬ恋、というやつかしら」

「そう割り切れないのですよ」

とホームズ氏が言った。

「え？」

「死体の手首を見て下さい」

男の右手首に、赤い布の紐《ひも》がゆわえてある。その紐は、二十センチほどのところで、ちぎれるように切れていた。

女の方を見ると、やはり右の手首に、同じ紐がゆわえてあった。

「二人で手を結びつけて、飛び込んだのね、きっと」

「しかしですね」

と、ホームズ氏は言った。「その場合、二人とも右手をつなぐというのは、おかしくありませんか？　右手と左手をつなぐのが、普通だと思いますがね」

「そうか。——そうねえ」

と、私は想像しながら、肯《うなず》いた。「でも、たまたまそうなっちゃったということも、あるでしょう」

「それはそうです。しかし、どうもスッキリしない……」

ホームズ氏は、眉を寄せて首を振っている。ダルタニアンがいたら、きっと何か言ってからかっているところだろう。

「——さあ、戻りましょうよ」

と私はホームズ氏を促した。

放っておくと、本当に、警察へ協力を申し出たりしかねないのである。

ホームズ氏は、まだ何か気になるようだったが、私が腕を取ると、諦めたように、パイプをくわえ直して、ホテルの方へ歩き始めた……。

湖に面したテラスに、人影があった。

「ほら、例の女性ですよ」

と、ホームズ氏が言った。

例の、というのは、昨夜のパーティのことを言っているのである。

ホテルの広間で、ダンスパーティがあって、客たちが参加していたのだが、そのとき、ダルタニアンが、すっかり参っていたのが、この女性なのだった。

なぜか独り旅だったが、三十四、五という女盛り、それも、上品な落ち着きがあって、ダルタニアンの如き、血の気の多い男をノックアウトするには充分魅力的だった。

ダルタニアンは、彼女と踊り続け、夜中の十二時に、私が部屋へ退散したときも、まだ踊っていた。

「ゆうべはどうしたのかしら?」

と私は言った。

「さてね。とてもあの男には付き合っていられませんよ」

とホームズ氏は言った。

私は、ホテルへ入るとき、ちょっと靴についていた泥を落とすので、ホームズ氏より遅れた。そのとき、ふとテラスの方へ目をやった。

あの女性が、目頭を押えて、ホテルの中へ戻るところだった。

泣いていたのだ。——なぜだろう?

私には、妙に気にかかった。

朝食のテーブルに、ダルタニアンが、いとも陽気な顔で現れた。

ホテルのメインダイニングルーム。——朝は、コンチネンタルの朝食だが、この仲間たちにはちょうどいい。

シーズンの盛りは過ぎているので、席は半分ほどしか埋っていなかった。

「おはようございます」

とダルタニアンは、例によって大げさに頭を下げ、私の手を取って、キスした。これだけは、恥ずかしくて参ってしまう！

「ゆうべは、どこでおやすみでしたの？」

と、大川一江が冷やかすように訊く。

「部屋ですよ、もちろん」

と、ダルタニアン。

「誰の部屋かが問題ね」

と私が言うと、ダルタニアンは両手を広げて見せ、

「自分の部屋ですよ！　一人、寂しく寝ました」

「何だ、あの女性には振られたのか」

とホームズ氏。

「その通り。まあ、今のは推理ってほどのものじゃありませんな」

「ゆうべはとても親しげだったじゃないの」

「ところが、いざとなると――人妻だと言うんです。それでは手が出せない。女性の意に反して、などということは、私には出来ませんからね」

「それはお気の毒さま」

と、私は微笑んだ。

「今朝は何やら騒がしかったようですね。何があったんです?」

「心中だよ」

「ほう! 今どきそんなことをする奴がいるんですか」

「——ねえ、ちょっと」

と、私は声を低くした。

あの女性が、ダイニングルームに入って来たのである。

そして、中を見回すと、何を思ったのか、私たちのテーブルへとやって来る。

「やあ、昨夜は失礼」

ダルタニアンが、早速席を立つ。

「いいえ。——お邪魔かしら? 一人で食べるのもつまらないので」

「歓迎ですよ! さあどうぞ」

「ありがとう」

やはり泣いていたのだ、と私は、その女性の目を見て、思った。泣いたせいで、少しはれぼったい。

「湖で心中がありましたのよ。ご存知でした？」

と私が訊くと、彼女は、ぎくりとした様子だった。

「いえ、ちっとも。――大変でしたわね、それは」

と、目をそらすと、「小沼と申します。小沼康子です」

と名前を言った。

どうやら、心中の件に触れたくない、という様子。

「お一人なんですか」

と私は訊いてみた。

「ええ。いえ……主人が後から参ることになっていますの」

「まあ、そうですか」

「忙しいものですから。――主人ぐらいの世代が一番、忙しく休みも取れないという状態でして……」

小沼康子は、何となく落ち着かない様子だった。

話し方も、いやに早口で、心ここにあらずという様子なのだ。――どうしたというのだろう？

「おい、また';だって」

と、新しく入って来た客が、知人らしい男に話しているのが、耳に入って来た。

「また、死体が上ったんだってさ。女だ。どうなってるのかな、一体……」

ホームズ氏が立ち上った。

「ちょっと失礼――」

私はあわてて、ホームズ氏の後を追って行った。

「――やはり、こんなことになりましたよ」

と、ホームズ氏は、ホテルを出ながら、言った。

「予期してたの？」

「何かあるだろうとは思っていました」

私たちは、湖のほとりへ急いだ。

さっきの所から、ほんの十メートルしか離れていない。

上ったばかりらしく、死体は布をかけられていない。

「若い女ね。さっきの人と同じくらいの年齢かしら」

「着ているものが少々違いますな」

そう言われて見ると、さっきの女性は、かなり上等な服を着ていたが、こちらは、少しみすぼらしい、旧式なワンピース。

水で濡れているというのを割引いても、かなりの古さと見えた。

「でも、同じ日に、また自殺死体が上るなんて――」

と私は首を振った。

「自殺ではありませんよ」

とホームズ氏が言った。

「え？」

「心中です」

「どうして？　一人じゃないの」

「手首を見て下さい」

私は、改めて死体を見直し、目を疑った。

――その女性は、左の手首に、あの心中死体とそっくりの、赤い布の紐を巻きつけていたのである。

2

「男一人に女二人の心中？」

ダルタニアンは目を丸くした。「聞いたことないね、そんなのは」

「全くだ」

とホームズ氏は肯いて、「私は、あの女性の内、どちらか一人が、あの男と心中したのだと思う」

「じゃ、もう一人は?」

と、私は訊いた。

「さて、それが問題です」

と、ホームズ氏は、肯いた。「あの三人が三角関係にあったとすると……」

大川一江がクスッと笑った。

「すみません。でも、ホームズさんが、『三角関係』なんておっしゃると、何となくおかしくって」

「時代というものでね」

と、ホームズ氏が、ため息をつく。

ここは、ホテルの中のサロンである。もっとも、ヨーロッパの映画などに出てくるようなサロンほどの部屋ではない。

単なる休憩室といった方が近い。

「君の彼女だよ」

とホームズ氏が言った。

「やめて下さいよ」

と、ダルタニアンが赤い顔になる。

小沼康子は、私たちの方へ、ちょっと会釈《えしゃく》すると、一人、椅子にかけて、雑誌をめくり始めた。

「何だか落ち着かないわね」

と、私は言った。

「ご主人の来るのを待ってるんでしょう」

ダルタニアンは少々やけ気味に言った。

「ホームズさん、続けて下さい」

と大川一江が言った。「あの三人は、一緒に死ぬことにしたんじゃないんですか？」

「ちょっと考えられないね。純情な女学生か何かならともかく、三人で心中するというのは――」

「そうね。確かに」

「でも、二人とも、女性の手首には同じ紐が結んであったんでしょう？」

と一江が訊く。

「そうさ。しかし、男性の手首で赤い紐が結んであったのは右だけだ」

「あ、そうか」

と私は言った。「三人で一緒に死のうと思ったら、誰か一人は、両方の手首に、紐をつないでなきゃならないわね」

「まあ、色々やり方はあるにしても、普通に考えれば、そういうことになるかな」

「というと……」

私が考え込んでいると、誰やら、ホテルの客とも思えぬ男が二人、サロンへ入って来た。

「失礼します」

と入口の所で一人が言った。

まるで、電車の検札みたいである。

「小沼さんという方はいらっしゃいませんか？」

「はい……」

小沼康子が立ち上る。「私ですが」

「小沼さんですか。——我々、警察の者ですが」

小沼康子は、ちょっと青くなった。

「あの――何のご用でしょう？」

「小沼正志さんというのは――」

「主人です」

「そうですか」

「あの、主人が何か？」

「亡くなりました」

刑事の言い方は、至って事務的だった。

「まさか！」

「湖から、水死体が上ったのです。上衣《うわぎ》の身分証明書が、ご主人のものでした。――一応ぜひ奥さんにご確認いただきたいのですがね」

「分りました……」

小沼康子は目を閉じて、呼吸を整えているようだった。「参りますわ」

彼女が刑事たちと出て行く。

「やれやれ」

ダルタニアンは、ちょっと口笛を鳴らした。「危いところだ。未亡人か！」

「何が危いの？」

「あの亭主を殺したとでも思われちゃ困りますからね」

「その心配はあるね」とホームズ氏が言った。「あの心中はどこか、ま、と、も、でない。用心に越したことはないだろうね」

私はゆっくりと言った。

「知っていたのよ」

「何をです？」

「あの奥さん。自分の夫が死んだことを」

「何か見たんですか」

私は、テラスで、彼女が涙ぐんでいたことを話した。

「なるほど」

ホームズ氏は肯いて、パイプをくゆらせながら、「あの落ち着かない様子も、それで分りますね」

「それはどういうことかしら？　夫殺し？」

「結論を出すのは性急です。まだこれからですよ」

「まだ何かあると思っているの?」

「見ていらっしゃい」

と、ホームズ氏は自信満々である。

小沼康子は、二時間ほどして戻って来た。刑事の一人に付き添われ、今にも倒れてしまいそうだった。

一江が駆けて行って、世話をしようと申し出たので、刑事の方もホッとしていたらしい。

——しばらくして一江が戻って来た。

「どう、彼女?」

と私は訊いた。

「泣き疲れというんでしょうかしら。今はウトウトしています」

「赤ん坊みたいね。何か言ってた?」

「いいえ。別に何も」

一江は首を振った。

だがホームズ氏の勘は当っていた。

「こんな時間にすみません」

ドアを開けると、小沼康子が、おずおずと入って来る。

「さあどうぞ」

と私は言った。

ホテルの寝室にしては広い造りで、椅子と机があって、なお、スペースがある。

「申し訳ありません、こんな時間に」

と、小沼康子がくり返した。

確かに、夜中の十二時である。

「ご主人はお気の毒でしたね」

「どうも……。実を言いますと、私たち、うまく行っていなかったんです」

と康子は言った。「このホテルへ来たのも、主人が、女と二人でこっちへ来ていると知ったからで」

「待って下さい」

と、私は遮った。「お話をうかがうのは構わないんですけど、どうして私に、お話しになるんですか？」

「あの方が――ほら、ダルタニアンと自称されている、面白い方。あの方が、あなたを名探偵だと話して下さって……」

　ダルタニアンったら！

「分りました。それじゃ、何を相談なさりたいんですか？」

　小沼康子は、少しためらってから、言った。

「主人が、どっちの女と心中したのか、調べていただきたいんです」

　私は面食らった。

「ご存知ないんですか？」

「ええ」

　と、康子は肯いて、「このところ、主人に愛人ができたらしいことは、分っていました」

「これまでもそんなことが？」

「いいえ。あの人、そりゃパッとしないタイプで、それにお金があるわけでもないし。

――女の方から寄って来るような人じゃないんです」

「で、ご主人がここへ来ることは、どうして知ったんですか？」

「ここのクーポン券を家に忘れて行ったんです。――ともかく、あわて者でして」

「で、あなたも追って来られた」

「はい。でも、主人は泊っていなかったんです。さすがにクーポン券を忘れて来たのに気付いて、ここを避けたんだと思います」

「それで……」

「結局主人は死にました。心中なんて――まさか、という気持ですけど、事実ですから仕方ありません。今となっては、私にも悪いところがあったのかもしれない、とも思いますし……」

康子はグスンとすすり上げた。

「でも――ご主人の恋人がどんな女性かは、知っていたんじゃないんですか?」

「それがさっぱり」

と、首を振る。「ともかく、こっちも意地になっていて、何をしていようと知ったことじゃない、という考えでしたから、恋人が出来たからって、調べようとも思わなかったんです」

「でも――何か一つぐらいは――」

「若い女。それだけです」

果して信用していいものかしら、と私は思った。しかし、ここは信じているふりをしなければならない。

「ところが――」

と、康子は続けて、「今日、主人と一緒に二人の女が打ち上げられました。でも、どっちが主人の愛人だったのか。それが分らないんです」

「何かこう――手がかりになるようなことは？」

と私は訊いた。


「二人の女性の身許《みもと》は、一応分りましたよ」

と、刑事が言った。

「教えていただけます？」

と私は言った。「私、奥さんの代理として参ったんですの。奥さんはショックで寝ついておられるので」

「分ります。ご亭主が他の女と心中、というんじゃね。あ、そこの椅子、釘《くぎ》が出てるので気を付けて下さい」

何しろオンボロの警察署だった。

「二人の女はですね。――ええと、名前を戸沢悠子。ほぼ同時に発見された方の女です」

「戸沢悠子ですね」

と私はメモを取った。「この人はどういう？」

「東京のＯＬです。もっとも、死んだ小沼正志さんとは別の会社ですがね」

知り合う可能性はあったわけだ。

「そちらの家族の方には？」

「両親に連絡したら、びっくりして飛んで来るそうです」

「それはそうでしょうね。何かその——恋人がいたようだとか、そんなことを言っていました？」

「いや、全く心当りがない様子なんです」

「そうですか」

もちろん、だからといって、こっちの女が恋人でなかったということにはならない。親に隠れてホテル通いなんてのは、当節ザラなのだから。

「で、この人はなかなかお金持らしいですよ。父親はどこかの社長で、当人もその子会社につとめていたということですから」

「そうですか」

私はメモを取った。

「それで、もう一人は、と……。あ、その肘《ひじ》かけに手をかけると汚れますよ」

「はあ」

「何しろ予算がなくて。——さて、もう一人ですが、こちらは大西英子という女です」

「大西英子。『ひで』は——『英語』の『英』ですね」

「こっちは若いけど人妻なんです」

「まあ」

「もっとも、ひどい旦那でね。電話してやったんだが、引き取りにも来ない、というんですよ」

「どうしてですか？」

私はびっくりして訊いた。

「他の男と死んだ奴なんか女房じゃない、と言いましてね。何なら小荷物にして送ってくれ、と」

「ひどいわ、そんな」

私は頭に来て、「逮捕したら？」

「そういうわけにもいきませんがね。——住所は東京。パートで働きに出ていたそうですが、小沼さんと関係があったのかどうかは、分りません」

するとと、戸沢悠子、大西英子、どっちの女も小沼と関係ありという可能性はあったわけだ。

しかし、決め手はない。――これは、結構むずかしい事件だわ、と私は思った。

「遺書のようなものはなかったんですか？」

と私は訊いた。

「今のところ見当りませんね」

「一つ分らないんですけど」

と私は考えながら、「小沼さんは、あのホテルを予約して、泊りに来なかった。それではどこに泊っていたんでしょう？」

「それを今、当っているところです」

「といいますと？」

「キャンプしていた連中がいるでしょう。その辺に一緒に泊めてもらってたんじゃないかと思うんですがね。それとも、車の中に寝ていたか。――いずれにしろ、一晩だけでしたからね」

キャンプね……。

私は、ゆっくりと肯いた。

ホテルに戻ると、ダルタニアンがロビーで退屈そうにしている。

「あら、一人？」

と私は声をかけた。

「ええ」

「ホームズさんは？」

「名医は、ただいま診察中です」

「何ですって？」

「あ、お嬢さん――」

と、一江がやって来た。

「どうしたの？」

「実は、散歩していて、ホームズさんが拾いものをしまして」

「何を拾ったの？」

「人間です」

私は目をパチクリさせた。

一江もどうやら、ダルタニアンやホームズ氏の影響を受けているらしい。

3

「――まあ、これで大丈夫でしょう」

と、ホームズ氏は言った。

「物好きねえ、あなたも」

と私は言った。

「人の困っているのを見るとじっとしておれないので」

「困ってるったって、病人じゃないの」

ベッドでは、大学生らしい若者が、ウンウン唸《うな》っていた。意識はない。

「――どうしたの、一体?」

「高熱を出しているんですよ」

と、ホームズ氏は言った。「疲れ切っている。それに、体が冷え切っていてね。どうやら、水風呂にでも浸っていたらしい」

「この涼しいのに?」

「理由は当人に訊いて下さい。さあ、外へ出ましょう」

「医者に見せなくていいの？」

「大丈夫」

と、ホームズ氏は自信たっぷりに言った。「私の医術の師はシュバイツァーですよ！」

これじゃ任せておくしかなさそうだ。――第九号棟には、ワトスン博士が欠けているのである。

「――ところで事件の方は？」

とホームズ氏が訊いた。

「一応、聞いて来たわ」

サロンに落ち着くと、私は分っていることを、ホームズ氏へ話して聞かせた。

「どうかしら？　一人は独身ＯＬでお金持。もう一人は人妻。――どっちだと思う？」

「当てずっぽはいけません」

とホームズ氏が首を振る。「常に、論理と方法に従って行動し、判断しなくては」

「じゃ、どうするの？」

「捜査の方法としては、第一に、目撃者の話を聞くことです」

「目撃者なんていないじゃないの」

「発見者がいます。――これから会いに行って来ますよ。ご一緒にどうです?」

「行かないと思う?」

笑いながら、私は立ち上った。

立山という老人は、いかにも、真面目に停年までつとめ上げたという感じで、気むずかしい印象は全くなかった。

「全く、何を好んで死に急ぐのかね」

と、ボート小屋の表で、両手を組みながらため息をつく。

「発見したときの様子を話してくれないかね」

とホームズ氏が言った。

「ああ、いいよ」

立山は、朝早く起きて、ボートが湖の真ん中に浮いているのを見付け、こいで行ったこと、そして空っぽなのを見て、急いでこぎ戻って通報したことを話した。

「オールであの男を殴っちまった」

と、苦い顔で、「後で、化けて出られるんじゃないかと思うよ」

「ふーん。オールで?」

「当っちまったのさ。ゴツンとね」

「もう死んでたろうから、大して痛くなかっただろうさ。——他に気が付いたことはない?」

「特にないね」

と、立山は首を振った。「——こんなことは初めてだ。全く迷惑な話だよ」

「まあ、またいいこともあるさ」

とホームズ氏が言った。

立山は、湖の方へ目を向けて、

「人生なんて、儚《はかな》いもんだね。あのボートの中に靴が二足、転がってたのを見て、ハッとしたよ。人が残したものが、靴だけなんて虚しいじゃないか」

「ちょっと待った」

と、ホームズ氏が言った。「今、靴、といったね」

「ああ」

「靴が脱いであったのかね?」

「そうだよ。男と女のが一足ずつ」

「その靴は?」

「知らねえな。警察が持って行ったんじゃないのか?」

ホームズ氏と私はホテルの方へと歩いて行った。

「――靴か」

「どうして警察の人も忘れてるのかしら?」

「色々、仕事が分れているからでしょうな。それに、シンデレラの話を知らないのかもしれない」

「え?」

と訊き返して、「ああ、そうね。ガラスの靴をはかせてみて……」

と肯いた。

「違うのは、靴がガラスでなく、はかせる相手が死人だということでしょうな」

とホームズ氏が言った。

「靴ですって?」

刑事は、私の話に目をパチクリさせて、「そんな物、あったのかな。――おい!」

と、同僚に声をかけた。

呆《あき》れながら、私は立って待っていた。――十分近く、ああだこうだとやっていただろうか。刑事は戻って来て、

「いや、申し訳ありませんが、遺品の中に、靴はありませんよ」

と言った。

「でも確かに――」

「もちろん、あれば我々が保管していますからね」

そう言われては、こっちも引っ込む他はなく、仕方なく私は警察署を出た。表ではホームズ氏が待っていた。

「――ほう、見当らなかった、と？」

「ええ。どうしたのかしら？　誰かが持ち去ったなんてこと、考えられる？」

「どんなことでも考えられますよ。しかし……」

ホームズ氏は、何やら考え込んで、歩き出した。

「こんなことも考えられる？」

と私は言った。

「何です？」

「警察が見落とした、ってこと」

ホームズ氏はゆっくりと肯いて、

「それは——あり得ることですな」

「ボートはどこにあるのかしら？」

「おそらく、湖のボート小屋でしょう。別にしてつないであると思いますがね」

「行ってみましょう！」

私は、ホームズ氏を促して歩き出した。

「やあ、さっきの——」

と、立山老人が私たちを見て、手を上げた。

「すみませんけど、例のボートというのはどこにあるの？」

立山はキョトンとしていたが、

「ああ、あのボートかね？　警察の人が、もう構わんと言うので、使っているよ」

「使って？」

「ああ。さっき、キャンプのアベックが乗ってこぎ出して行った」

私は湖の方へ目をやった。大分晴れて来て、暖くなってはいたが、およそボートに乗ろうという雰囲気ではない。

しかし、若いカップルにはそれも問題ではないのだろう。

湖の真ん中に、ボートが一隻、揺れている。

「――我々も行ってみましょう」

と、ホームズ氏が言った。

「どうやって?」

「ボートでですよ、もちろん」

「それなら、任せて下さい」

と、声がして、ダルタニアンが現れた。

「まあ、どこから出て来たの?」

「神出鬼没が売物でね」

と、ニヤリと笑って、ステッキをクルリと回す。

「ボートは得意?」

「万能の私に、何ということを!」

「気どらないの。いいわ。――じゃ、ホームズさん、待ってて下さる?」

「いいですとも。ボートが転覆しないように祈っていますよ」

「縁起でもない」

と、私は笑って言った。

ボートの代金を払って、私はおっかなびっくり、ボートに乗り込んだ。

「さて、世界記録を目指して!」

ダルタニアンは手をパッパッと払うと、オールをがっちりとつかんだ。

「いいけど、ひっくり返らないようにしてちょうだい」

「ご安心下さい。——このダルタニアン——」

「口上はいいから、早くやって」

「了解!」

ダルタニアンは一つ大きく深呼吸すると、力一杯こぎ始めた。

——確かに、ダルタニアンの言葉に嘘はなかった。

ともかく、早い。ぐんぐんボートは進んで行った。

そして、ボートはひっくり返りもしなかった。ただ——私が、はねた水でびしょ濡《ぬ》れになったのだけが、計算外であった。

ボートに急ブレーキというものはない。

目指すボートが近づいて、

「危いわよ!」

と、私が叫んだときは、既に遅かった。

ダルタニアンは向きを変えようとしたが、その間もなく、私たちのボートは、目指すボートの横腹に、派手にぶち当っていた。

向うのボートには、人影がなくて、どうしたのかと思っていたのだが、ぶつけられて大きく揺れると、

「キャーッ！」

と悲鳴を上げて、胸をはだけた女の子が飛び起きた。

どうやら、邪魔をしたようだ。

「何だよ、一体！」

辛《かろ》うじて、ボートは引っくり返らずに済んだが、男の方が、起き上って怒鳴って来る。

「そのボートに、靴はない？」

と私は訊いた。

「靴？」

「そう。靴よ。男物と女物」

「ああ、これね。──誰が忘れたんだろう、って言ってたのよ」

と女の子の方が、男物の靴を手に取って、

「はい」

と、手渡して来る。

「ありがとう。もう一足は？」

「これだけよ」

「え？　女物はない？」

「ないわよ。あったのはこれだけ」

私はダルタニアンと顔を見合わせた。――肝心の女物の靴が消えている。

これはどういうことだろう？

「ともかく、ありがとう。お邪魔しました」

と私は言った。「さ、戻りましょう」

「承知しました」

「今度はゆっくりでいいから、静かにね」

と私は言った。

「おい、待てよ」

男の方が、腹の虫がおさまらないと見えて、「黙って行っちまう気か？」

と立ち上る。

「ではご挨拶を」

ダルタニアンが、ステッキを取った。

「だめ！」

と私が言ったときには、もう仕込み杖がヒュッと空を走っていた。

カチリと音がして、ステッキに刃がおさまる。――立っていた男のズボンが、ストンと落ちた。それからパンツが――。

「いやね、もう！」

私は真っ赤になって目をそむけた。

「いや、失礼」

ダルタニアンはこぎながら言った。「ちょっと手もとが狂ったかな」

靴を警察へ届けるのはホームズ氏に任せて、私は、ホテルへ戻った。

「まあ、どうなさったんですか？」

すっかり濡れねずみの私を見て、一江がびっくりしている。

「局地的なにわか雨のせいよ」

と私は言った。「シャワーを浴びるわ。寒くて仕方ないもの。着替えを出しておいてくれる？」

「はい」

部屋へ入って、バスルームで熱いシャワーを浴びると、やっと生き返った思いだ。

バスタオルを体に巻いて出て来ると、一江がベッドに一揃い、着替えを並べている。

「――あの若い人は？」

と服を着けながら、私は訊いた。

「ああ、まだ眠ってるみたいですよ。――ホームズ先生のお見立ては？」

「知らないわ」

「頭にコブがあります」

「頭に？」

「ええ。殴られたか何かしたんじゃないでしょうか」

「ホームズさん、何も言っていなかったけど……」

「ちょっと目につきにくいところですけどね」

どうも、これは、一江の方が、名医の資格がありそうである。

「ああ、さっぱりした」

と私は濡れた髪をタオルで拭いながら、「あの奥さんは？」

「小沼康子さんですか？　何だか一人でサロンにいますわ。そう嘆いてもいないみたいですよ」

私は未婚だから分らないが、他の女のもとへ走った夫を、妻はどんな風に考えるものなのだろうか？

もう死んでも一向に構わないと思うのか。それとも、愛着は捨てがたいのか。

それにしても、あの奥さんは、なぜテラスで泣いていたのか。

どうも、この事件、表面だけ見ていると、どこかでごまかされてしまいそうな気がする……。

——サロンの方へ降りて行くと、ホームズ氏が待っていた。

「どうだったの？」

「警察は青くなっていましたよ」

とホームズ氏は愉快そうに、「レストレードの頃と少しも変らない。必死で責任のなすり合いをしていました」

「まあまあ、大変ね」

と私は笑った。

「行きましょうか」

「どこへ?」

「例の小沼という男性を泊めたキャンパーが見つかったそうなんです。靴のことは黙っていてやるから、同行させろと交渉して来ましてね」

私は笑って、

「ホームズさんがそんなに商売上手だったなんて知らなかったわ」

「そうですか? 商売も、頭の問題ですからな」

ホームズ氏は、澄まして言った。

4

「ええ、この人です」

と、その若い男性は肯いた。

小沼の写真を見て、すぐにそう言ったのである。

「どんなふうでした?」

と、刑事が訊く。

「どんな、って――。まあ、普通のサラリーマンみたいで、変だな、とは思ったんですけど」

「何と言って来たんです？」

「夜の――十時くらいかな。もうこっちはすることもないんで、寝てたんです。僕ら、大学の仲間で、三人で来てるんですけど。ウトウトし始めたら、『ちょっと失礼』って声がかかって――」

「それがこの人だったんだね」

「ええ。ホテルがふさがっていて、泊る所がないんだけど、一晩だけ泊めてくれないか、って……。別に泊るだけなら構わないって言いました」

「それで、出て行ったのは？」

「全然気付きませんでした」

「すると、一人だったんだね？」

「ええ」

「何か話は？」

「しませんよ。こっちは眠いし。でも――丸山の奴が、何かしゃべってたみたいでしたね」

「その丸山君というのは？」

「いないんです」

「いない？」

「ええ。朝起きてみたら、いなくって。――捜したんですけどね。あいつ、風来坊だから、困っちゃうんです」

「まだ見つからないんですか」

「ええ。おかげで帰るに帰れないんですよ」

と、その大学生は顔をしかめた。

「どこへ行ったんですかね」

「分りません。大方、女の子でも追いかけてんじゃないですか」

ずいぶん冷たい友だちである。

「あいつは女より金だよ」

と、他の一人が口を挟む。

「あの人、心中したんですって？」

とその学生が訊いた。

「そうなんです。一緒に女性はいませんでしたか？」

「見ませんでしたよ」

「それじゃ、どうも」

「いいえ。――丸山の奴、本当にどこへ行っちまったのかな……」

――私は、ホームズ氏と共に、ホテルへと向って歩いていた。

「ねえ」

と私は言った。「もしかして……」

「やっぱりそう思いましたか」

ホームズ氏はパイプを取り出して、くわえた。「あの若者でしょう、きっと」

「丸山さんという……」

「あの若者、何かを知っているのかもしれませんな」

と、ホームズ氏は肯きながら言った。

ホテルへ着くと、一江がすぐにロビーを横切ってやって来た。

「どうしたの？」

「お客様です」

「客？　私に？」

「サロンの方で、お待ちです」

「誰かしら……」

私は、サロンへ入って行った。

「まあ、さっきの――」

「どうも」

と立ち上ったのは、さっきのボートの中で、お楽しみだった女性である。

「何か用かしら？」

「実は……」

と、女はモジモジしていたが、やがて思い切ったように、「これ！」

と、私の前に、女物のサンダル靴を並べて出した。

「これは……？」

「あのボートにあったの」

「でもさっきは――」

「私、もらっちゃうつもりだったの」

「ええ？」

「だって、結構、品がいいんですもの。私のはいてるのより、よほどまし《ヽヽ》だし、高そうだし。――はいてみたら、ピッタリだったの」

「それじゃ、ネコババしようと——」

「言葉は悪いけど、そんなところ」

「呆れた」

私は苦笑した。「でも、どうして返す気になったの？」

「だって、後で心中した人のだって聞いて、気持悪くなって。——お化けでも出たら怖いもの」

現代っ子にしては、迷信深い。「ね、警察には黙ってて。お願い」

と手を合わせる。

「いいわ。それじゃ、何とかうまく言いくるめてあげる」

「サンキュー！　じゃ、私たち、今日で引き上げるから」

と、女の子は、急ぎ足でサロンを出て行く。

出がけに振り向いて、

「バイバイ」

と手を振って行った。

「陽気ねえ、本当に」

と、私も笑わないわけにはいかなかった。

ホームズ氏がやって来ると、靴を手に取って、言った。

「これでシンデレラが分る」

私とホームズ氏が、ホテルへ戻ったのは、もう夕方近かった。

サロンに入り、ぐったりとソファに座り込む。

「──お帰りなさい」

と、一江がやって来る。「いかがでした？」

「どうもこうも……」

と私は言った。「すっかり騙《だま》されちゃったわ」

「え？」

「あの靴はね、どっちの女にも合わなかったのよ！」

「変ですね。じゃ、一体どうしてボートにあったんでしょう？」

「分んないわ。ホームズさんに訊いて」

ホームズ氏は、パイプをくわえて、しばらく目を閉じていた。──眠っているんじゃなく、考えているのだ。

「そうか。もしかすると……」

と呟きつつ、ホームズ氏は目を開いた。

「どうしたの？」

「ちょっとした考えがあるんですよ」

と、ホームズ氏は言った。

「あの靴のことで？」

「あの靴は、確かに、ボートの中にあった物ですよ」

「だって、合わなかったわ」

「それでもいいんです」

私はさっぱりわけが分らない。

「まさか、もう一人飛び込んだ人がいるってわけじゃないんでしょうね」

「もちろんです。そんなに続きはしませんよ」

「それじゃ――」

「まあ待って下さい」

とホームズ氏は言った。「まず、あの未亡人の話から、聞きましょう」

ドアが開くと、小沼康子が出て来た。

「あの――分りまして？」

と、私とホームズ氏の顔を交互に見る。

「ええ、分りました」

とホームズ氏が肯いた。

「良かったわ、さすがに名探偵さんですわ。――ともかく、お入りになって」

ホームズ氏は、ゆっくり構えて、口を切った。

「奥さん」

「はい」

「正直に話して下さらなくては、捜査というものは、はかどりませんよ」

小沼康子の表情が、少しこわばった。

「私が嘘をついた、とでも？」

「そうです」

「どういうことですか」

「ご主人は心中などしなかった、ということです」

「そんな――」

小沼康子が青ざめた。

「ご主人は自殺した。一人でね。しかし、それは、ご主人が愛人を作ったからではなくて、あなたの方が、恋人を作ったからです」

「何ですって。私は――」

「あなたは、ご主人が自殺するためにここへ来たことを知っていた。あなたは、ご主人の死で、自分の評判に傷がつくのを恐れていた。だから止めようとしてここへやって来たのです」

「止めようとしたのなら、それでいいじゃありませんか」

「しかし、止められなかった。――ご主人はあなたが追って来ることを知って、このホテルには泊らなかったのです」

　私は、康子の顔つきが、少し変ったのに気付いた。開き直っている。

「早朝、あなたは湖畔へ出て、ご主人の水死体を見つけた。――ところが、湖では、もう一組、心中があったのです」

「心中！」

と私は言った。「でも、女の人が二人よ、死んだのは」

「女同士でも立派に心中ですよ」

とホームズ氏は言った。「調べてみれば、あの二人の女性が、そういう関係にあったことが分るでしょう」

「でも、それと小沼さんとはどういうふうに――」

「女同士の心中は、紐が切れて、別々に岸に打ち上げられていた。奥さんは、その一人がご主人の近くに流れついているのを見付けたのです」

「あ、そうか。――で、その女性と心中したことにすればいい、というわけね。で、手首の紐を――」

「女性の手首の紐を一旦解いて半分に切り、それぞれ、結び直したわけです。――まさか、もう一人が女性だとは思いもしなかった」

「それで、非はご主人の方にあった、ということになるわけね。でも、あの靴は？」

「あれはご主人の方の画策です」

「ご主人の？」

「ご主人は、ご主人なりに考えていた。一人で死ぬのは、あまりに惨めだ、とね。せめて奥さんに馬鹿にされないように、誰か女性と一緒に死んだことにしようと思い付いたのです」

「男の見栄《みえ》ね」

「そんなところですね。――そして、キャンプで会った丸山という学生に、金を渡して、一緒にボートに乗って、朝の湖へ出て行ったわけです」

「男同士で？」

「あのもやですからね。誰かが一緒にいれば、たとえ人目についても、男か女か分らなかったでしょう」

「靴はどうしたの？」

「あの学生に訊けば分りますよ。たぶん、どこか、このホテルの部屋から、失敬して来たのだと思いますがね」

「で、小沼さんは飛び込む……」

「丸山という学生の方は、女物の靴を残して、ボートはそのままに、泳いで戻ろうとする。——ところがそこへ、ボートがやって来た」

「あの立山さんのね」

「仕方なく、息をつめて、潜っていたのですが、オールで殴られて失神しそうになり、必死でもがいて、やっと岸へ辿りついた、わけです」

「で、倒れてたわけか。——自業自得ね」

「大きなお世話だわ」

と、康子は言った。「あんたたちにでも頼まなきゃ、警察がやってたんじゃ、主人が心中したって結論が出ないと思ったから、頼んだのに」

「まさか、真相を知られるとは思わなかったんでしょう。——しかし、あなたは、心中を偽装した。これは立派な犯罪ですよ」

ホームズ氏は、私を促して部屋を出た。

「ねえ、でもあの奥さん、テラスで泣いてたのよ」

と私は言った。

「朝早く、湖の岸で、あれこれやってたんですよ。それに、かなり寒かったでしょうからね」

「それがどうしたの？」

「つまり、あの奥さんは、風邪を引いてたんです。だから涙が出たんですよ」

とホームズ氏が言った。

そのとたん、ドアの向うで、小沼康子が、派手にクシャミをするのが聞こえた。

孤独なホテルの女主人

1

「どうして予約しとかなかったのよ！」

と、京子が文句を言った。

いや、ただ「言った」というのでなく「ヒステリックに喚《わめ》いた」と言った方が近いだろう。

「そんなこと言ったって……」

と、健治の方は仏頂面。「どこか空いてると思ってたんだ」

「甘いのよ、そんなこと言って！」

と京子に同調したのが、もう一人の女の子、リエだった。

「そうよ。こんな時期にフラッと行って、部屋なんかあるはずないじゃないの」

「分ったよ」

健治は少々ムッとしたように言った。

健治、京子、リエの三人は、同じ喫茶店でアルバイトをしている大学生同士。

といっても、あまり大学へ行かない大学生である。

冬のスキーシーズン。

「いっちょ、俺の車でスキー場に行こうか」

と、健治が言い出したのが、事の始まりだった。

当然、京子もリエも足代がタダなら、というわけで、健治について来ることになった。健治としても、女の子二人を引き連れて、あわよくば「両手に花」のところだったのだが……。

どうせスキー客相手の安い民宿が沢山ある。行って当りゃ、どこか一軒ぐらい空《あ》き部屋があるだろう、と思っていたのが、思惑違いで、どこも満室。

せっかく、前日の夜出発して、朝早く着いたというのに、宿捜しに時間を費やし、ついに夕暮迫る時刻になってしまったのである。

「参ったなあ」

と、車をゆっくり走らせながら健治が言った。

「こっちのセリフよ」

と、京子がふくれっつらで、「ともかく、せっかく来たんだもの。どこかに泊ろうよ。――東京へ帰るなんて冗談じゃないわ」

「分ってるよ。少しスキー場から遠くへ行けば――」

「もう三十分くらい走って来てるわよ」

とリエが言った。

京子もリエも、中肉中背、なかなかスタイルも良くて、可愛い顔立ちだった。

どっちを恋人にしたって、まずは友人に見せつけてやれる女の子である。

しかし、今は、その可愛い顔も、うんざりして疲れ切って、台無し、というところだった。

「――町に戻ったら?」

と、リエが言った。「キャンセルか何かあるかもしれないし……」

「あんまり期待できないね」

と健治は肩をすくめた。「ともかく、もう少し行ってみよう」

道は、寂しい林の中を続いていた。――もう三十分近く、町から走って来たのに、一台の車にも会わない。

「どんどん山奥に入って行きそう」

と、京子が、心細げな声を出した。

「道があるからにゃ、どこかへ続いてるんだ！」

と、健治が、自分へ言い聞かせるように言った。

「そりゃそうだろうけど……」

と、リエが呟《つぶや》く。「ああ、くたびれた。眠り込んじゃいそう」

――健治は、俺の方だってもっと疲れてんだぞ、と言いたげに、リエの方をジロッと見たが、リエの方は知らん顔である。

「――ねえ、見て！」

と、京子が言った。

「何だよ？」

「車を停めて！」

健治はブレーキを踏んだ。

「一体どうしたって――」

「そのわき道の所、〈ホテル〉って書いてない？」

健治は、目をこらした。——林の中は大分暗くなっているが、車のヘッドライトの中に、確かに立て札らしいものが浮んでいる。

「待ってろよ」

と、健治は車を出て、走って行った。

なるほど、目につかないような、小さな立て看板に、〈ホテル〉とだけあって、そのわき道に向って、小さく矢印がかいてあった。

「——どう?」

京子が降りて来て、声をかける。

「うん……。ホテル、とは書いてあるけどね——」

「じゃ、行ってみようよ」

「しかし、その立て札、いやにアッサリしてると思わないか? ただ〈ホテル〉としかかいてないし、それに、小さすぎて、見逃しちゃいそうだ」

「だったらどうなの?」

と、京子はふてくされ気味で、「車でウロウロしてるよりいいじゃない」

「OK。じゃ、行ってみよう」

肩をすくめて、健治は車に戻った。

――わき道は、車一台がやっと通れる程度の幅で、クネクネと、林の中を続いていた。

そして三百メートルも入っただろうか。

「――へえ！」

と、リエが声を上げた。

「まあ、こんな所に――」

と、京子が目を見開く。

林の中にポッカリと空間が開いて、そこに二階建の、北欧風の造りの洋館が現れた。

窓に明るく灯《ひ》が見えて、建物の前は、照明で照らされている。

もちろん、小さくはあるが、ちょっとロマンチックな雰囲気のある、立派なホテルである。

「すてきじゃない！」

と、京子は目を輝かせた。

「でも、ここも一杯ってことないだろうな」

と、健治が言った。

「いやなこと言わないでよ。他に車なんてないじゃないの。きっとガラ空きよ」

「そうかなあ……」

「ぐずぐず言ってるより、ともかく当ってみれば？」

と、リエが現実的な提案をした。

「それもそうだな」

健治は、車をホテルの前に停めた。

京子とリエが先に降りて、玄関の方へと走って行く。ドアは閉っていたが、二人はためらうことなく、ぐいと押した。

「開かないわ」

「引いてみたら？」

と、リエは、また具体的な案を出す。

「それもそうね」

ドアを引くと、スッと開いて——

「いらっしゃいませ」

スラリとした長身の、初老の紳士が立っていた。

「あ、あの——すみません」

何だか分らないが、京子は謝って、「泊めていただけます？」

「他の所がみんな一杯で――」

と、リエが付け加える。

「空いてますか、部屋？」

京子も、いざとなると、ちょっと恐る恐る訊いている。

「はい、ございます。三名様でいらっしゃいますね」

「ええ」

「ともかくお入り下さい」

京子たちは、顔を見合わせ、肯《うなず》き合った。

健治もやって来て、ホッとした様子で中に入る。

――中も、外見を裏切らない、洒落《しゃれ》た造りだった。

ホテルといっても、別にフロントらしきものもない。

「後ほど宿泊カードにご記入いただきます」

と、支配人らしい、その紳士は言った。「ところで――お部屋はどのようにお取りいたしましょうか？」

「二人と一人で」

と京子が言った。

「お二人というのは——」

「もちろん、女二人です」

と、京子はチラリとリエの方を見ながら、言った。

「かしこまりました」

と、支配人は一礼して、「では、あちらの広間で、お寛《くつろ》ぎ下さい」

ドアが半ば開いた、その広間へ入って行くと、健治たちは、自分ら以外にも、客があることを知った。

ソファで顔を上げたのは、二十歳《はたち》ぐらいの、いかにも育ちの良さそうな令嬢タイプの女性。

「あら、お客様ね。良かったわ」

と、立ち上って、「一人きりで、ちょっと心細かったの」

と微笑《ほほえ》んだ。

「私たち、宿が取れなくてここまで来ちゃったの」

と、京子が言った。「あなたもスキーをしに?」

「いいえ」

と、その女性は首を振った。「車が故障してしまったので、諦めて歩いていると、ここの立て札があったので」

「まあ。でも運が良かったわね」

「本当に。――みなさん大学生？」

「ええ。私は佐々木京子。あと、坂口リエと――何だっけ健治君、姓の方は？」

「ひどいなあ」

と顔をしかめて「北沼だよ」

「あ、そうか」

「私、鈴本芳子」

と、その女性は名乗った。「おかけなさいよ。――暖かくて気持いいわ」

「地獄で仏ってこのことだわ」

京子が少々オーバーに言った。

京子とリエにとっては、格好の話相手ができたが、健治にとってはいささか不運だった。

ともかく、女三人で話が弾んで、健治のことは忘れられているのだ。

「――お食事をどうぞ」

と、さっきの支配人がいつの間にか、広間の入口に立っていた。

「ねえ——」

と、鈴本芳子が、そっと声をかけて来たとき、健治は一瞬、誘惑の手がのびて来たのかと思った。

だが、残念ながら、彼女の目つきは、そんな色っぽさとは無縁であった。

「おかしいと思わない？」

と、芳子は言った。

「え？　おかしい、って――」

「しっ！　あまり大きな声を出さないで」

と、芳子は、雑誌を広げている京子とリエの方をちょっと見て言った。

食事の後、広間に戻って寛いでいたのである。

「ここはホテルだと思う？」

と、芳子がソファにかけながら言った。

「違うの？」

健治はキョトンとしている。

「だって、考えてみて。もし本当にホテルとして開いているんだったら、あんな小さな、目立たない立て札を出す？」

「そりゃまあ……」

と、健治は肯いて、「僕もちょっと、それは考えたけど」

「それに、この造りは、どう見たって、普通の家――別荘じゃない？　ホテル、というなら、せめてフロントぐらいあるもんでしょう」

「そりゃそうだな」

「それにあの立て札は、ごく新しいの。地面に突き立ててある所を見た？」

「いや、別に」

「あれはどう見ても、つい何時間か前――せいぜい一日前ぐらいに穴を掘って、札を立てたのよ」

健治はびっくりして、芳子を見た。

「そんなこと、よく気が付いたね」

「趣味なの」

芳子は微笑んだ。「でも、ここがホテルでないとすると、何のために、ホテルに見せかけているのか、ってことが問題になって来るわ」

「どうしてだろう？」

「分らないわ」

と、芳子は首を振った。「でも、用心に越したことはないわ」

「用心に？」

「ええ。お金は持ってる？」

「大してないよ」

「でも、旅行に出て来たんだから、多少は持ってるんでしょう？」

「そりゃまあ……」

「夜中に殺されて、お金を奪われるとかね」

健治は目を丸くした。

「まさか！」

「とは思うけど、一応用心した方がいい、ってこと」

健治は、京子とリエの方を見て、

「あの二人で一部屋なんだ。——どうしよう？」

「そんなこと言っちゃだめよ」

と、芳子は首を振った。

「どうして？」

「怯《おび》えたら、顔に出るわ。私は例外なのよ」

「でも、夜中にでも、ドアを叩かれたら、きっと開けちゃうよ」

「そこは仕方ないわね」

と、芳子は言った。「あなた、ただ一人の男なんだから」

「じゃ、一緒の部屋に――」

「だめよ！　男としてのエチケットってものがあるでしょ」

「じゃ、どうすりゃいいんだ？」

「簡単よ」

と、芳子が言った。「あなたが一晩中起きてて、廊下を見張ってるの」

「ええ？」

健治が目を見開いた。

2

「とんだ失敗だったわ」

と、私は言った。

「で、その夜、姿なき殺人鬼は現れたのかね?」

と訊《き》いたのは、シャーロック・ホームズ氏である。

「全然」

と私は首を振った。「平和な一夜が明けました、ってところね」

ホームズ氏は軽く声を上げて笑った。

「笑わないでよ」

と、私は少々照れて言った。「でも——どう考えても、あのホテルは急ごしらえよ。

その理由が分らないの」

「ふむ。その点は確かに、興味があるね」

と、ホームズ氏はのんびりとパイプをくゆらしている。

私は——言うまでもなく、鈴本芳子。

この広い邸宅を父から受け継いで、ここで〈私設探偵事務所〉みたいなことをやっている。

もっとも、正確には、私は探偵ではない。

探偵は、第九号棟の仲間——ホームズ氏とダルタニアンの二人、というべきだろう。

「何か考えがある?」

と、私は訊いた。

「君はいつまでそのホテルにいたんだね？」

「次の日出たわよ。だって、もともと、夜の内に、第九号棟へ戻るはずだったんだから」

「すると、その後のことは分らんわけだね？」

「でも、あの三人が行方不明になったって話も聞かないわ」

「まあ待ちなさい」

と、ホームズ氏は言った。「確かに、そのホテルはインチキだろう。そして、インチキをやるからには必ず理由があるはずだ」

「そうなのよ」

そこへ、大川一江がやって来た。

ある事件以来、この屋敷で働いてもらっている、私と同じ年齢《とし》の娘である。

「お嬢様、お客様です」

「どなた？」

「北沼さんとおっしゃる方ですけど」

と言って、一江はちょっといたずらっぽく、「ボーイフレンドですか？」

と訊いた。

「やめてよ。でも、北沼っていえば……」

まさか偶然ということはあるまい。「いいわ、お通しして」

「はい」

と、一江が戻って行く。

「そのホテルにいた人だわ、たぶん」

「ほう。面白そうだ。ここにいても構わんかね？」

とホームズ氏がパイプをくゆらしながら、言った。

「ええ、もちろん」

と私は肯いた。

一江に案内されて入って来たのは、やはり北沼健治だった。

すっかり面食らっている様子で、キョロキョロしている。

「あら、どうも、その節は」

と、私は言った。

「やあ！——びっくりした！　凄《すご》い屋敷に住んでるんだね」

「父譲りなの。かけて」

「うちじゃ、譲ってもらっても、せいぜい古タンスぐらいだな」

と、健治はソファに腰をかけた。

「両手に花だった女の子たちは？」

「それが――」

健治は顔をしかめて、「それどころじゃないんだ」

「へえ。どうしたの？」

「当ててみようか」

と、ホームズ氏が言い出す。「君は、何か強盗か、その類《たぐい》のことの容疑で追われている。違うかね？」

「そ、そうですけど……」

健治は唖然《あぜん》として、「どうしてそれが？」

「車だよ」

「車？」

と、私は訊いた。「車がどうかしたの？」

「そのホテルは、確かにおかしい」

と、ホームズ氏は言った。「まともではない。おそらく、何かの目的で、ホテルを装っているのだろう。では何の目的で?」

「宿泊客から何かを奪うためでは、なかったわ」

「そう。すると何だろう?」

「――車ね! つまり、客の車を、夜の間に使う、というわけ」

「その通り――容疑は何なのかね?」

と、ホームズ氏は、健治の方へと訊いた。

「銀行強盗ですよ。あの日、あそこから三十キロほどの町の銀行の金庫が破られたんです」

「憶えてるわ」

と私は肯いた。「何千万か盗まれたんだったわね」

「三千五百万だ」

と、ホームズ氏が言った。

「その強盗たちの車が、近所の人に見られてるんだ。車の色、型、それにナンバーがいくつか分ってて、それで――」

「そこまで分れば、候補は何台かに絞られるわね」

「しかも、その日、あの近くに行ってた、となると決定的だよ」

健治は情ない顔で言った。

「どうしてそれが分ったの？」

「バイト先に刑事が来たんだ。たまたま、この間一緒だった京子が相手をしたんで、僕が休んでて、アパートも知らない、と返事をした」

「で、あなたへ知らせて来たっていうわけね？」

「そうなんだ。どうしよう？」

「でも、あなたも気が付かなかったの？　走行距離を見れば――」

「後で見た。確かに六十キロぐらい余計に走ってるんだ」

こうなると決定的だ。

「今、その車は？」

「大学の裏だよ。あそこは目につかないんで、学生がよく置いてるんだ」

私はホームズ氏を見た。

「どういう手を打つべきだと思う？」

「そうだな」

ホームズ氏はのんびりと言った。「またそのホテルを訪ねてみるしかないんじゃないかね」

私は、ちょっと考えてから、肩をすくめた。——仕方ないかしら。

これも何かの縁というものだわ。

「——この辺だったと思うけどね」

と、健治が言った。

確かに、それらしい風景だが、大体、林の中の道など、どこも似たようなものだ。

「ねえ、見て」

と、私は言った。「あそこに穴があるわ」

車を停めて、降りてみる。

もちろん、健治の車ではなく、私の車を、健治が運転して来たのだった。

同行者はホームズ氏と、万一、銀行強盗と渡り合うことになったときのことを考えて、ダルタニアンが一緒である。

「——これだわ」

地面に、あの立て札を立てた穴が、残っているのだった。

「よし、ここを入るんだな」

車に戻って、わき道へと入って行く。

昼間だと、ずいぶん感じが違うが、それでも、思った通り、あの〈ホテル〉が、目の前に現れた。

「なかなか趣味のいい建物だ」

と、ダルタニアンが言った。「ルイ十四世も、馬鹿じゃなかったが、ともかく悪趣味で困ったもんだよ」

「まるで直接知ってるみたいですね」

と、健治が言った。

「さあ、降りてみましょう」

私はあわてて言った。

「――ホテルとはかいてないな」

ホームズ氏がゆっくりと建物を見回して言った。

「カーテンが閉ってるし、静かね」

私は玄関の方へと歩いて行った。「誰もいないのかしら」

「当然、それは考えられる」

と、ホームズ氏が肯いた。

「でも一応……」

ドアをノックしてみる。驚いたことに、間もなく、

「はい」

と返事があった。

女の声だ。低く、囁《ささや》くようだが。

「あの――ちょっとうかがいたいことがあって」

と言うと、ドアが静かに開いた。

「――どうぞ」

そこに立っていたのは、白髪の老婦人で、いかにも上品な印象を与えた。

私たちは、広間へ通された。

「すみません、薄暗くて」

と、その老婦人は言った。「目が良くないものですからね。明るいと辛《つら》くて」

「あの――実は、私、先日、このお家へ泊めていただいたのです」

「ここに?」

老婦人は、ちょっと戸惑ったように微笑んで、「それは何かの間違いでしょう。私はここに人を泊めたことはありません」

「でも、ここがホテルになっていたんです」

と、健治が言った。「で、僕と友だちと三人で泊らせてもらいました」

「まあ……。妙なお話ですこと」

と、老婦人は目をパチパチさせて、「いつでしょうかしら、それは？」

「四、五日前です」

「四、五日前。――三日前まで、ここは閉めておりましたのよ」

「閉めて？」

と、私は訊き返した。「つまり、誰も《ヽヽ》いらっしゃらなかったんですか？」

「放っておくといたみますので、管理人に任せておきました」

私と健治は顔を見合わせた。

「その管理人という方は……」

「今はもう、おりません。私がここへ来ると、入れかわりに出て行きました」

「連絡は取れませんか」

「そうですねえ」

と、老婦人は考えていたが、「どこかに、確か電話番号が……。お待ち下さいな、捜してみましょう」

老婦人が広間を、ゆっくりした足取りで出て行く。

「すみません……」

と声をかけておいて、私はホームズ氏の方を見た。

「ねえ、どう思う？　その管理人、っていうのが怪しいんじゃないの」

「同感だね」

とダルタニアンが、広間の中を歩き回りながら言った。「きっと、あの持主の婆さんに黙ってホテルにしていたんだ」

「そして銀行を襲って、姿を消す、か」

ホームズ氏は続けて、「それも一つの考え方だね」

と言った。

「他にも考え方があるの？」

「そうだな、たとえば——」

そのとき、玄関の方で、

「失礼します！」

と、女の声がした。

「あれっ！」

と、健治が立ち上った。「あの声——」

玄関へ出てドアを開けてみると、佐々木京子が立っていた。

「あら、ここにいたの!」

と、京子は目を丸くした。

「君……どうしてここに?」

「あの一件じゃないの。強盗よ」

「それが――」

「考えてみたら、あの日はここに泊ってたじゃないの。だから、ここへ来れば、あなたの無実が証明できると思って……」

「それでわざわざ来てくれたのか」

健治は感動した様子だった。

「じゃ、あなたも入ったら?」

と私は言った。

「タクシーで来て、待たせてあるの。ねえ、刑事があなたのこと捜し回ってるわよ」

「そうか」

健治はため息をついた。

「ここにも来るわ、きっと」

と、京子が言った。「リエがしゃべったのよ、ここのこと」

「まずいな」

「じゃ、あなた、京子さんと一緒に、町へ行ってなさい」

と、私は言った。「後は私たちに任せておいて」

「でも——」

「後から行くわ。適当にホテルを捜すから」

「じゃ、私の名前で、どこかに入っていますから」

と、京子は言って、健治の手を取った。

「それじゃ、早く!」

「分ったよ。——すみません、後はよろしく——」

健治が京子と一緒に行ってしまうと、私は広間に戻った。

「まだ戻って来ないよ、あのお年寄り」

と、ダルタニアンが言った。「どこかで昼寝でもしてんじゃないか?」

「まさか。——年齢《とし》をとると、どこに何を置いたか、思い出すのに時間がかかるものなのよ」

「経験があるようなことを言うね」

とダルタニアンが言ったので、私はキッとにらんでやった。

それから更に五分ほどして、やっと老婦人が入って来る。

「すみません、お待たせして……」

と詫びて、よっこらしょ、と椅子にかける。

「で、管理人の方は——」

「それが、電話は分りませんの」

がっくり来たが、続けて、

「でも住所は分っています。この近くなんですよ」

と言ったので、希望を取り戻した。

ともかく会いに行けばいいのだ。

「——名前は西田。ご夫婦ですね?」

と、私はメモを取りながら言った。

「とてもいい人たちなんですよ。いつか私が寝込んだときなんか——」

老婦人の思い出話はご遠慮して、早速出かけることにした。

老婦人は、私たちに、西田という管理人夫婦の住いの場所を説明してくれた。

今度は私が車を運転して、その説明の通りに走らせる。

しかし――女性、それも、自分で車の運転などしない人の説明である。

言われた通りに曲りたくても道がなかったり、そのまま行くと東京へ戻る方向だったり、めちゃくちゃなコースを右へ左へ、散々迷って、やっと目指す西田夫婦の住むコテージ風の家へ着いたのは、一時間後のことだった。

「十分もあればつきますよ」

と言われていたのである。


当ては外れた。

西田という男が、あのとき、ホテルの「支配人」と名乗っていた男だとばかり思っていたのである。

まるでイメージの違う、年齢の割には長身だが、パッとしない感じの男だった。

「私たちがホテルを?」

と、西田はキョトンとして、妻の方を見た。

「わけが分りませんわ」

これまた、夫に劣らずパッとしない、メガネをかけた妻の方が首をかしげる。

「でも、あの晩、確かに、泊ったんです」

と、私は言った。

「そんなはずはありません。——ちょっと待って下さいよ」

と、西田は眉を寄せて、「いつですって？」

「あの日は、あんた——」

と、妻が言い出す。

「そうだ」

「何かあったんですか？」

「実は、変なことがありましてね」

と、西田が言った。「あの奥様のご親戚《しんせき》という方から、奥様が亡くなられた、という電話が入ったんです」

「亡くなった？」

「ええ。で、びっくりしまして、二人で、急いで東京へ出て行ったんですが」

「ところが、奥様は、あの通りお元気なんですよ」

と西田の妻が顔をしかめて、「ひどいいたずらですよ。人が死んだ、なんて嘘をつくもんじゃないです」

「待って下さい」

と、私は言った。「すると、あの日は、あの家を留守にしたわけですね」

「東京へ行って、その晩には帰れませんのでね」

それはそうだろう。

「そのでたらめの電話が、どこからかかったか、分らなかったんですね？」

「ええ。全く、たちの悪いいたずらです」

――いたずらではない。

西田夫婦を追い払っておいて、〈ホテル〉の立て札を出し、車に乗った客が来るのを待って、その車で強盗を働く。

ずいぶんと、こったやり口である。

私たちは、早々に西田夫婦のもとを辞した。

「――これからどうする？」

とダルタニアンが欠伸《あくび》しながら言った。

「あの二人を捜さなきゃ」

と、私は言った。

ホームズ氏は、何事か、考え込んでいるようだった……。

3

佐々木京子、という名を訪ねて、目についたホテルや旅館を捜し歩くこと一時間。

どこにも、京子と健治の姿はなかった。

「いい加減にしてほしいね」

と、ダルタニアンはご立腹。「人を馬鹿にするにもほどがある！」

まあ、その気持、分らぬでもない。

「どこへ行っちゃったのかしら？」

私とて、くたびれているのはご同様なのである。

「ともかく、どこかで足を休めよう」

一行の中では、ややご老体のホームズ氏が、ふうっと息をついた。

「といっても、大した店、ないのよね。——あそこの喫茶店に入りましょうか」

喫茶店と呼ぶのも、ちょっとためらわれるような店構え。

しかし、今は仕方ないので、ともかく入ってみることにした。

「——あまり高級な店とは言いかねますな」

ダルタニアンが席について、店の中を見回しながら言った。

「仕方ないじゃないの」

「ヴェルサイユのサロンに比べると、大分落ちる」

比べるのに事欠いて！

「いらっしゃい」

愛想というのを百キロ先に置き忘れて来たという感じの太った娘が、水の入ったコップを三つ、ドン、ドン、ドンとテーブルに置いた。

乱暴な置き方で、水がはねてこぼれた。

おまけに、悪いことにダルタニアンの胸にまで水が飛んだのである。

「あのね、コーヒーを三つ！」

私はあわてて言った。

娘は「ハイ」とも言わず、カウンターの方へ戻って行くと、店の奥の方へ、

「ホット三つ」

と、声をかけた。「——聞こえたの？」

「聞こえてるよ」

と、男の声が返って来た。

あれ？——私は、ちょっと首をかしげた。どこかで聞いたことのある声だ。どこだったろう？

私が考え込んでいる間に、ダルタニアンが、ヒョイと立ち上っていた。——いけない、と気付いたときはすでに遅く……。

「君」

と、ダルタニアンが、ステッキの柄で、チョン、とウエイトレスの娘をつついた。

「何よ？」

と、仏頂面で振り向く。

「さっき、水がはねたよ」

「あらそう」

と、娘の方は平気なものだ。

「ここにひっかかった」

「じゃ、拭いたら？」

「君のコップの置き方が悪かったのだ」

「放っときゃ乾くわよ」

と、言い返す。「何だっての？　文句があるんなら、よそへ行きなよ」

ダルタニアンはニヤリとして、

「自分のハンカチは、こういうときには使わないのだ」

と言った。「君のハンカチを使わせてもらう」

「いやなこった――」

と言いかけて、娘は目を丸くした。

ダルタニアンが、いつの間にか、彼女のハンカチで自分の胸の辺りを拭いていたからだ。何しろ、器用な男なのである。

でも、ダルタニアンがスリの名人だった、なんて、デュマも書いてないんじゃないかしら?

「何よ! いつの間に――」

「もっとちゃんと洗っておきたまえ」

と、ダルタニアンは、ハンカチを、娘のエプロンのポケットへ押し込んだ。

「頭に来るわね、もう!」

娘は真っ赤になって、「出てってよ!」

「客に向って、そういう態度は感心しないね」

「力ずくで叩き出してやりましょうか?」

娘が腕まくりした。——確かに、なかなか強そうな娘である。

しかし、一見やさ男のダルタニアンにかなう男なんて、そうざらにはいやしないのである。まして女では……。

「やめたまえ」

ダルタニアンが、まるでバレエのステップか何かのように、クルリと回った。

アッ、と私は声を上げた。

知らない人は、見たとしても気付かなかったかもしれないが、私には分っている。あの瞬間に、ステッキの中の剣が一閃しているのだ。

「こんな所で！　やめてよ！」

と叫んだのに、遅かった。

娘のエプロンがフワリと落ちた。そして、スカートも……。娘が、目を見開いて、

「キャーッ！」

と悲鳴を上げると、店の奥へ飛び込んで行く。

ダルタニアンは平然と席に戻る。

「もう、こんな所で——」

と私がにらむと、

「世の中の『悪』は見捨てておけません」

ずいぶんスケールの小さな「悪」だ。

「──おい、何をしたんだ。うちの娘に！」

と、さっきの聞き憶えのある声が、店に出て来た。

私はその顔を見て、一瞬、誰なのか分らなかったが、向うの方が、

「アッ！」

と声を上げた。

「まあ、あなたは──」

と、目を丸くする。

あの〈ホテル〉の支配人だ！

こっちが面食らっている間に、相手は店の奥へと姿を消していた。

「追いかけるのよ！」

と私は椅子を引っくり返して立ち上った。

「あれが例のホテルにいた支配人だわ！」

ダルタニアンは大喜びで、店の奥へ。私もそれに続いた。

「──裏口から逃げた！」

ダルタニアンが叫んだ。

裏のドアから出てみると、問題の「支配人」が、小型トラックで走り去るところだった。

「まあ！　車で……」

私は息をついて、「悔《くや》しいわ！」

「諦めるのは早いですぞ」

と、ダルタニアンが言った。

「だって、こっちは車なしよ」

「あそこにあるのも、一応車です」

と指さしたのは――自転車だった！

「いくら何でも――」

「待ちなさい。あんなオンボロトラックは、大してスピードが出ない。ここで待っていて下さい」

と言うなり、ダルタニアンは、誰のだか分らない自転車へ駆け寄った。

もちろん、鍵を外すぐらいのことは、わけもない。

「引っ捕えて連れて来ます」

と手を振って、こぎ出したが……。

元は競輪の選手か何かだったのかと思える凄いスピードで、アッという間に見えなくなった。

振り向くと、さっきのウエイトレスの娘が、ポカンとして、立っている。そして、

「あの人──スーパーマン？」

と、言った。

「スカート、ピンか何かで止めたら？」

と私は言った。「──やってあげるわ」

「あ……すみません」

娘は、大分、しおらしくなっている。

「今の男の人、あなたのお父さん？」

と、店に戻って、スカートをピンで止めてやりながら訊いてみる。

「いえ、そういうわけじゃないんです」

と、娘は頭をかいて、「要するに──何というか、同棲中なの」

「へえ！」

私は面食らった。「あなた、いくつ？」

「十九です」

大したもんだ！　私としては、正に言葉もない。

「働かなくても食べさせてもらえる、と思って、一緒に暮してんですけど、やっぱ、だめなのね」

と娘は真顔で言った。

「あの人、何というの？」

「浜田っていうんですけど——本名かどうか」

「それも知らないの？」

「最近になって、どうも変だな、って……。あんまり、まともじゃないみたいなの」

「というと？」

「変な人が訪ねて来たりして。——見るからにヤクザっぽいのとか」

「どんな用事で？」

「知らないわ」

と、娘は肩をすくめた。「私には聞かせないように、外へ出されちゃうの」

「いい加減に、別れた方がいいかもしれないわよ」

と私は言った。「そういう人と一緒にいても、ろくなことにならないから」

「そう考えてるのよね」

と、娘は肯いた。

私は、例の〈ホテル〉の一件を、娘に訊いてみた。

「ああ、それで！——やっと分ったわ」

「何が？」

「いつだったか、えらい気取ったしゃべり方を練習してたの。聞いてて、私がゲラゲラ笑うもんだから、しまいには怒っちゃってね、ケンカになったわ」

「その話、誰が持って来たのか、知らない？」

「さあ……」

と、娘は首をひねった。

「電話があったとか——」

「ああ、そうね。そういえば、その前に何度か、女の声で電話があったわ」

「女の？　名前とか、そんな——」

「何も言わない。ただ、『浜田さん出して』って」

どうやらそれが、ホテルの一件——つまりは、銀行強盗と関り合っているらしい。

「どんな声だったか、憶えてないでしょうね？」

私は、あまり期待しないで言った。

「若い女よ。東京の人でしょ、たぶん。それに、お芝居か何かやった人じゃないかと思うわ」

と、娘がアッサリと言った。

私はびっくりして、

「どうして分るの？」

と訊いた。

「私、あの浜田と一緒になる前、一年くらい電話局で交換手やってたの。声はよく分るのよ」

人間、一つぐらい取柄があるものだ、と思った。

「お芝居をやってた、っていうのは、どうして？」

「さあ、はっきりそうとは言えないけどさ、低い声でも、良く聞き取れるの。普通の人は、低い声になると、何を言ってるか分んなくなるのよ」

「へえ」

私は感心してしまった。

そのとき、店の入口に、ドタドタと足音がして、店の主人、浜田が転がり込んで来た。

後からはダルタニアンが、

「——自転車はトラックの荷台に乗せて、戻って来ました」

と、私の方へ一礼する。

「化物だ！」

と、浜田は今でも信じられない、という顔つきで、床に座り込んでいる。

「まあ、かけなさい」

と、ダルタニアンが、ステッキをヒョイと振ると、浜田はあわてて立ち上り、入口に近い椅子に座った。

ステッキに敏感に反応する理由はすぐに分った。浜田が、ズボンをしっかり手で押えていたからだ。

「話してもらうわよ」

と私は言った。

「な、何をだ？」

「とぼけちゃだめ。分ってるでしょ。あの偽ホテルで支配人の役をやったのは、誰に頼まれてなの？」

「知るもんか」

と、浜田はそっぽを向いた。

「いい？　あなたは銀行強盗の共犯ってことになるのよ」

「何ですって！」

と声を上げたのは、あの娘。「銀行強盗？」

娘は、いきなり、浜田へつかみかかって、ぐいと胸元をつかんだ。

「よくもそんなことを私に隠して――」

「待ってくれ！　おい、苦しい！」

浜田が目を白黒させている。

「いくら分け前をもらったのよ！　私に一文もよこさないで！」

いい勝負である。

「待ってくれ！　俺は――ほんのはした金だ――」

「ごまかされやしないわよ！」

「本当だ！　もうすぐ――もうすぐ手に入る」

「何が？」

「分け前を――よこせと言ったんだ。向うも承知した。だから――」

そのとき、何かが弾《はじ》けるような音がした、と思うと、浜田がのけぞった。

「しまった！」

ホームズ氏が立ち上る。「伏せろ！　銃だぞ！」

キーッという自動車の音。続けて、弾丸が店のウインドウに穴をあけた。

「――行ったようね」

私は頭を上げた。

「まあ、この人――」

と、娘が言った。「死んじゃった」

浜田は、みごとに背中に一発食らって、息絶えていた。

「やれやれ、ついに殺人か」

ダルタニアンがため息をついた。「いやですな。犯罪に、洒落っ気というものが欠けておる」

「呑気《のんき》なこと言ってる場合じゃないわよ。私、警察へ届けるから、あなた方、どこかホテルへでも入っていて」

私はホームズ氏とダルタニアンを店から出し、それから、警察へ連絡した。こっちはあくまで、居合わせた客ということにしておかなくては面倒だ。

見れば、あの娘、浜田の死体のわきで、グスングスンとすすり泣いている。

あんな男でも、やはり死んだとなると悲しいのだろう。

「ひどい人！」

と、娘が呟いた。「ちゃんと分け前、受け取ってから死ねばいいのに！」

私は、ため息をついた……。

4

「――参ったわね」

と、私は言った。

ホームズ氏と、ダルタニアン、それに私。

三人で、小さなホテルに入ったのはいいが、朝までには第九号棟へ一旦戻らなくてはならない。

しかし、肝心の佐々木京子と、北沼健治の二人、どこへ行ってしまったのだろう？

「仕方ないわね」

と、私は首を振って、「一旦、戻りましょう。今から車で飛ばしても、三時間ぐらいはかかるんだから」

「それなら——」

とホームズ氏が部屋の時計を見た。「朝までに着けばいいのだから、余裕はある」

「だって……」

「待っていたまえ」

とホームズ氏は言った。「向うから、何か起こって来るよ」

「変な日本語ね」

「つまり、いつもの通り、ホームズ氏には何もかもお見通しってわけさ。そうだろ？」

とダルタニアンが冷やかすように言った。

「まあね」

ホームズ氏が肯く。「考えはある。——それが正しければ、待つのが唯一の方法なんだが」

「でも、いつまで？」

「それが分らないところが問題だ」

「呑気なこと言って！」

と、私は苦笑した。

しかし、ホームズ氏は正しかった！

そう言い終らない内に、ドアを叩く音がしたのである。

そっと行って、開けると、京子が立っていた。

「まあ！　捜したのよ。一体――」

と言いかけて、私は面食らった。

京子が、その場に倒れて気を失ってしまったからである。

――ベッドに寝かして、楽にさせて濡れタオルで顔を拭いてやる。

「汚れてるわね。どこかで事故にでもあったか、でなければ……」

「気が付いたようですな」

と、ダルタニアンが言った。

京子が目を開いた。

「大丈夫？」

「ああ――。すみません、私――」

「どうしたの、一体？　健治さんは？」

「それが……」

と、京子は首を振って、「いきなり誰かにつかまって——」

「どこで？」

「あのホテルを出て、待たせてあったタクシーの方へと急いで行ったんです。そしたら、途中で」

「相手を見た？」

「いいえ、全然。クロロホルムか何かなのかしら。変な匂いがツーンとして、それでボーッとしてしまって」

「それで？」

「気が付いてみると、どこか、物置みたいな所で、縛られていたんです」

「健治さんも？」

「いいえ、私、一人でした」

京子は大きく息をついて、「もう怖くて……。何とかして、縄を解《ほど》こうとしたんですけど、なかなか緩まなくて」

その苦闘の跡が、両手首に、痛々しい傷になっていた。

「やっと縄が解けて……。外へ出てみると、どこかの林の中でした。ちょうど道へ出ると、うまくトラックが通って——乗せて来てもらったんです」

「大変だったわね」

と、私は言った。「でも、健治さんのことが心配ね」

「そうなんです。でも――きっと、あの物置のそばの小屋に――」

「小屋があったの？」

「ええ。でも、もし私を捕まえた男がいたら怖いと思ってそのまま逃げて来たんです」

「それは仕方ないわね」

「では、早速くり出しましょう！」

ダルタニアンが、嬉しそうに言った。

推理したりするのは、彼には不得手である。ダルタニアンにとっては、行動あるのみ！

「一緒に行く元気はある？」

と、私は訊いた。

「ええ」

京子が肯く。「大丈夫です。案内しますから」

かくて、私たちは車で、ホテルを出発したのである。

「──この辺だったと思うんですけど」

と、京子が言った。

林の中は、もうすっかり暗くなって来ている。車を降りて歩いていると、どっちへ向っているのか、さっぱり分らなくなってしまうのだった。

「──あそこに明りが見える」

とダルタニアンが言った。

「本当だわ。行ってみましょう」

近付いて行くと、かなり古ぼけた小屋である。

「あれだわ！」

と、京子が言った。「私、あっちの物置に入れられてたんです」

「よし、では用心して行きましょう」

ダルタニアンが姿勢を低くした。

小屋の窓から明りが洩《も》れている。

「──ここにいなさい」

と、ダルタニアンが言った。

「気を付けて！　向うは銃があるのよ」

「承知してますよ」

ダルタニアンは、軽くウインクしてみせると、まるで幽霊みたいに、足音も立てず、小屋の方へと近づいて行った。

「——健治さん、大丈夫かしら」

と、京子が呟く。

「大丈夫だよ」

ホームズ氏が、のんびりと言った。

全く、名探偵というのは、自分だけ分っているのだから、始末が悪い。

ダルタニアンは、ステッキの剣を静かに抜くと、頃合を見て、一気に小屋の戸を開け、中へ飛び込んだ。

——一瞬の緊張。

十秒ほどして、ダルタニアンが姿を見せた。

「大丈夫。いらっしゃい」

と手招きする。

小屋へ入ってみると、中はガランとして、古ぼけた机と椅子が一つずつ。

椅子に、健治が縛られていた。

「まあ、良かった！　無事だったのね！」

と、京子が駆け寄った。「待って。今、縄を解いてあげる」

「もう切れてるよ」

と、ダルタニアンが言った。

「え？」

健治がキョトンとして、ちょっと力を入れると、縄がパラリと落ちた。

「――犯人を見た？」

と私は訊いた。

「ええ。でも、マスクをして、サングラスをかけて。――二人でしたけど、どっちもろくに人相は分りません」

「残念ね」

「僕を殺そうか、どうしようか、って、ずいぶんもめてたんです。気が気じゃなかったですよ」

健治は苦笑しながら、京子の肩を抱いた。

「君が無事で良かった」

ホームズ氏は、パイプをくわえて小屋の中を見回していたが、

「――その犯人が、仲間の浜田を殺した」

と言った。「しかし、健治君は殺さなかった。なぜかな?」

健治は、目をパチクリさせて、

「つまり――きっと、顔を見てなかったからでしょうね、僕が。だから、大丈夫だろう、と――」

「なるほど。――金は?」

「ええ。鞄に入れて、持って出ました。一時間ぐらい前かな。早く一一〇番した方がいいと思います。といっても、どんな車かも見てないんだけど――」

「でも、この辺の人間でなきゃ、非常線に引っかかるかもしれないわ」

と私は言った。「すぐ戻って、警察に届けましょう」

「その必要はないよ」

――ホームズ氏の言葉に、誰もが、キョトンとしていた。

「どういう意味ですか?」

と京子が訊く。

「犯人は遠くへは行っていない。大丈夫、逃げやしないさ」

「説明してよ」

と、私は言った。

「いいとも」

ホームズ氏は、健治が縛られていた椅子に腰をかけた。「――そもそも、あのホテルがおかしかった」

「そりゃ分ってるけど」

「いや、私が言うのは、そうではない」と、ホームズ氏は首を振った。「我々が、すぐにあの立て札の跡を見付けたことを言ってるんだ」

「え？」

「つまり、あれだけ周到に、ホテルを偽装して、人を引っかけた犯人だったら、立て札の穴を、きちんと元の通り、埋めてならしておくはずだ。それなのに、あそこは、見付けて下さい、と言わんばかりだった」

「どういうこと？」

「つまり、犯人は、我々に、あそこを見付けてほしかったのだ」

「なぜ、そんな――」

「犯人には色々なタイプがある」

と、ホームズ氏はパイプをいじりながら言った。

「後先は考えずに、やっつけてしまって、さて、どうしようかと考えるタイプ。まず逃げ道をじっくり考えておいてから、犯罪を決行するタイプ。——そして、絶対に、自分に疑いがかからないこと、それをまず第一に考えるタイプだ」

「この犯人は？」

「最後のやつだな。しかし、目撃者とか、どんなことで疑いをかけられるか分らない。——疑われない、一番いい方法は何か？」

ホームズ氏は私たちをぐるっと見回した。

「一度、疑われてしまうことだ」

——誰もが黙っていた。

そのとき、

「ここにいたの！」

と声がしたと思うと、小屋の戸が開いて、あの喫茶店の娘が立っていた。手にボストンバッグをさげている。

「捜したのよ、散々！」

「どうしたの？」

と私はびっくりして言った。

「私、決めたんだ！」

と、娘は宣言した。「その人について行くの！」

見つめられたのはダルタニアン――ギョッとして、

「君！　冗談にもそんなことを言うものでは――」

「本気よ！　あんたに惚《ほ》れちゃったんだから！」

と迫る娘から、ダルタニアンは、あわてて逃げ出した。

「あの人は誰なんですか？」

と、京子が言った。

「ええ、ちょっとね……」

どう説明したものかと迷っていると、

「あら！」

と、娘が京子の方へ向いた。「あんただったわね！」

「え？」

「浜田の所へ電話して来た女よ。間違いないわ、あんたの声よ」

「何の話？」

と、京子が眉をひそめる。

「その通り」

と言ったのはホームズ氏だった。「総《すべ》ては、この二人の仕組んだ茶番劇だったのだ」

「二人って……」

「健治君と京子君さ」

私は啞然とした。

「――二人は、強盗の計画を立てた。しかし、車を手に入れるのが難しい。盗むのも、そのときに捕まる危険がある。――では自分の車なら？　それが、誰かに盗まれたことにしておけばいいわけだ」

「じゃ、二人で……」

「あのホテルを仕立てて、車を夜の間に使われた、ということにした。――もう一人の女の子は第三者の証人として連れて行ったのだ」

「でも、私がそこへ飛び入りで――」

「だから、友人よりも、もっと第三者の立場にいる、あんたに話を持って来た。あのホテルを一緒に見付け、健治の話の裏付けをさせるためだ」

「浜田は二人に雇われたのね？」

「その通り。口を割りそうになったので殺してしまった。後は二人で、幻の犯人を仕立て上げ、ここへ監禁されたというお芝居をやればいい。これで二人は、犯人と疑われることもなく、金をものにできるわけだ」

「でも、あんな都合のいい山荘が見付かったのは、どうして？」

「あそこは、もともとホテルだったんじゃないかな」

「何ですって？」

「よくあるじゃないか。放っておいてももったいないから、シーズンだけホテルにする、という所が。あれは、そういうホテルで、たまたま今年は閉めたままだったんだろう。だから、偽装するのも簡単だ」

「でも、あそこのお婆さんは――」

「あの部屋は薄暗かった。そしてあの婦人が居間を出ている間に、この京子君がやって来た。――芝居の心得があったのは知っての通りだ」

「じゃ――」

私は唖然とした。「あのお婆さんは京子さん？」

「それだけではない。西田という管理人の夫婦は、この健治君と京子君の熱演だよ」

ホームズ氏は微笑して、「しかし、健治君の方は、大分、演技が拙劣《せつれつ》だったね。私にはすぐ分ったよ」

　と言った。

「畜生！」

健治が、険悪な形相になって、いきなり拳銃を出した。

ヒュッと音を立てて、ダルタニアンの剣が、宙を飛んだ。

「アーッ！」

と、健治が悲鳴を上げる。

剣の先が、健治の腕を切っていたのだ。拳銃が床に落ちる。

「やった！」

と、あの太った娘が手を打った。「やっぱり、あんたってすてきよ！」

ダルタニアンが逃げ出す構えを取った。


――町を出たのは、もう真夜中だった。

「早く第九号棟へ戻らなきゃ」

私は、ハンドルを操りながら言った。

「しかし、凝りすぎると却《かえ》ってボロが出るもんだな」

ダルタニアンが、のんびりと言った。やっとあの娘から逃げて来たのである。

「犯罪者は、いつも自分が一番頭がいいと思い込んでいるものさ」

と、ホームズ氏が言って、ふと後を見た。「おい、トランクが開いてるようだよ」

「あら、そう？」

私は車を道の端へ寄せて止めた。

「閉めて来よう」

ダルタニアン、身軽に車を降りて後ろへ回ったが、「――わっ！」

と声を上げて飛び上った。

トランクから、あの娘が飛び出して来たのである。

どうやら、ダルタニアンにも弱いものがあるようだ。――娘に追い回されているダルタニアンを見ながら、私は笑い出していた。

解説

山前 譲

鈴本芳子が閉じ込められてしまった病棟には、不思議な人たちが住んでいました。世界的な名探偵のシャーロック・ホームズ、正義の剣士のダルタニアン、のちにモンテ・クリスト伯と呼ばれるエドモン・ダンテス、白衣の天使として知られるナイチンゲール、古代ギリシャの哲学者のアリストテレス、フランスの舞台女優のサラ・ベルナール……。

見覚えのある、聞き覚えのある人物ばかりでしょうが、ただそれだけに、実在の人物と小説のなかの架空の人物が入り乱れていることに、すぐ気付くに違いありません。時空を超えた有名人が交錯する物語は、ファンタジーなのでしょうか。いえ、現実の日本を背景にした、れっきとしたミステリーです。彼らは実在の人物なのです。ただし皆、自称ですが……。

主人公である鈴本芳子は、なぜそんなユニークな世界に飛び込むことになったのでしょうか。父が死んで三年、二十歳になった彼女はようやく、数億円にも上る遺産を相続することになります。父の遺志に従ってそれは全部、慈善事業に寄付するつもりでした。しかし、叔父一家がそれを狙うのです。

一服盛られて意識を失ってしまった芳子は、とある病院の第九号棟に運ばれてしまいます。そこはお金さえ払えば、一生閉じこめておける施設でした。気がついた彼女に、上等なツイードの上着を着た、四十五、六の物静かな男が説明してくれます。ここは窓も完全に塞がれていて外部とは一切接触できないとか、番人が運んでくる食事は悪くないとか――。そして彼は名乗るのでした。「私は、シャーロック・ホームズです」と！

こんな奇抜な設定で始まるのが本書『華麗なる探偵たち』です。巻頭の「英雄たちの挨拶」は一九八二年九月、「SFアドベンチャー」に発表され、以下、同誌に「死者は泳いで帰らない」（一九八二年十一月）、「失われた時の殺人」（一九八三年三月）、「相対性理論、証明せよ」（一九八三年六月）、「シンデレラの心中」（一九八三年十月）、「孤独なホテルの女主人」（一九八四年三月）と発表されたものをまとめて、一九八四年三月に徳間書店より刊行されました。

第九号棟にまさしく幽閉されてしまった鈴本芳子ですが、なんとトンネル掘りの名人（！）であるエドモン・ダンテスの手でトンネルが掘られていて、じつは監視の目をかいくぐって外に出ることができたのです。かくして彼女は第九号棟の住人でありながら、シャーロック・ホームズ氏（なぜかホームズだけは敬称付き）と、剣の達人であるダルタニアンを従え、そして「死者は泳いで帰らない」で知り合った同い年の大川一江とともに、現実社会での難事件の解決をしていくのです。

二〇一六年、赤川さんはデビュー四十周年を迎えました。一九七六年、第十五回オール讀物推理小説新人賞を受賞した「幽霊列車」が記念すべきデビュー作です。大学生の永井夕子が探偵役を務めていますが、シリーズ化されて現在まで書き継がれています。翌一九七七年、最初の著書である『死者の学園祭』が刊行されました。そしてなんと、まもなくオリジナル著書は六百冊に到達するのです。

その厖大《ぼうだい》な数の著作のなかで、『華麗なる探偵たち』は八十七番目に位置しています。デビューして七年余り、早くも刊行ペースは年十冊を上回っていました。そしてすでに、三毛猫ホームズや今野夫妻、吸血鬼エリカや大貫警部、あるいは三姉妹探偵団といった、これまた現在まで書き継がれている人気シリーズがスタートしています。

ですから、鈴本芳子を中心とした第九号棟の面々の活躍はちょっと後塵《こうじん》を拝したことになりますが、キャラクター設定的には、赤川作品のバックボーンをもっとも語っているシリーズといえるのです。それを証明しているのは第九号棟の顔ぶれです。

「小さな自伝」とサブタイトルのあるエッセイ「三毛猫ホームズの青春ノート」では、小さいころからの読書遍歴が語られていました。小学校六年生の頃、貸本屋で江戸川乱歩全集を借りて、おぼろげながら文学の「毒」の部分に触れた思い出のあとに、こう述べています。

でも江戸川乱歩を、学校で読むわけにはいきません。何しろ「優等生」だったのですから。

それで、読書の時間には、海外文学に取り組むことにしました。クラスの他の子たちが、「小公女」だとか「フランダースの犬」とかを読んでいるのを尻目に、スタンダールの「赤と黒」なんかを読んでいたのだから、いい気なものです

八割方は見栄だったといいますが、最後まで読み通したことで、小説の世界への憧れを育んでいくのでした。そして中学校での図書の時間には、ヘルマン・ヘッセなど、

ドイツ文学を中心とする世界文学に傾倒していくのです。

と同時に、中学三年生の時に『シャーロック・ホームズの冒険』を読んでホームズものの虜《とりこ》となって、自らもミステリー書き始めます。ただ、ミステリーにはすぐに挫折（！）し、高校時代には、シュテファン・ツヴァイクの『マリー・アントワネット』に刺激された中世の騎士の物語や、フランスの女流作家であるコレットの作品を意識してのパリの上流階級を舞台にした恋愛小説と、大長編を書くのでした。

そうした若き日の世界文学への造詣が、この作品でははっきりと窺えます。なにせ突然、『小間使の日記』なる作品をダルタニアンが口走ったりするのですから。一九〇〇年に刊行されたフランスのオクターブ・ミルボーの長編のことです、多分……。

その一方で第九号棟の面々には、赤川さんの歴史好きも反映されています。やはり「三毛猫ホームズの青春ノート」では、〝何とか王朝が何年などと暗記するのは厄介《やっかい》で、テストの点はあまり良くなかったけれど、それでも世界史の時間はとても楽しみでした〟と書かれています。担当の先生の授業が面白かったのですが、ヨーロッパのように多くの民族や国家が入り乱れている地域の歴史は、それ自体がひとつのドラマになっていて、興味をそそられたそうです。

この『華麗なる探偵たち』での、数多くの歴史上の人物とフィクションの人物が混在している情景には、こうした作者自身の「青春」が投影されているのです。もちろんそれなりに有名な人ばかりですが、次に誰を登場させようかと、作者が楽しんでいる姿が目に浮かびませんか。

ただ、あくまでも自称です。彼らはあまりに優しすぎるために、過酷な現実社会にうまく合わせることができなかった人たちなのです。憧れの人物になり切って、空想の世界に生きているのです。そのピュアな姿が、現実社会の矛盾を際立たせていきます。

しかも、ただ名乗るだけではありません。シャーロック・ホームズ氏の推理力やダルタニアンの剣捌きはもちろんのこと（本物以上？）、皆それぞれに元のキャラクターの才能を会得しているのです。途中から登場するアルセーヌ・ルパンの変装術は、とりわけ頼りにされています。第九号棟からしょっちゅう外に出かけても怪しまれないのは、ルパンの見事なテクニックのおかげなのでした。ただ、ホームズ氏のヴァイオリンの腕前は、本物ほどには……。

数多い赤川作品のシリーズのなかでもとりわけユニークな設定と言える第九号棟の面々の活躍は、さらに『百年目の同窓会』、『さびしい独裁者』、『クレオパトラの葬列』、『真夜中の騎士』、『不思議の国のサロメ』と長編が書き継がれていきます。登場人物はいっそう豪華になっていきます。はたして今度は誰が登場してくるのか。楽しみではありませんか？

二〇一六年　八月

この作品は1986年4月徳間文庫として刊行されたものの新装版です。なお、本作品はフィクションであり実在の個人・団体などとは一切関係がありません。

徳間文庫

第九号棟の仲間たち 1

華麗《かれい》なる探偵《たんてい》たち

〈新装版〉

2016年9月15日 初刷
2020年1月10日 2刷

著者 赤《あか》川《がわ》次《じ》郎《ろう》
発行者 平野健一
発行所 株式会社徳間書店
東京都品川区上大崎三-一-一
目黒セントラルスクエア
〒141-8202
電話 編集〇三(五四〇三)四三四九
販売〇四九(二九三)五五二一
振替 〇〇一四〇-〇-四四三九二
印刷 本郷印刷株式会社
製本 ナショナル製本協同組合

ISBN978-4-19-894139-0

徳間文庫の好評既刊

赤川次郎

マザコン刑事と呪いの館

　警視庁捜査一課の敏腕警部・大谷努はスマートな二枚目だが強度のマザコン。その母親と、大谷の部下で恋人の女刑事・香月弓江とは徹底したライバル関係だ。そんな大谷と弓江はあるアイドル歌手の突然死事件を追ううち、占い師サキ・巖の不気味な影に気づく。彼の周辺で次々と不審死が起こっているのだ。弓江は占い師に接近し捜査をしていくが……。好評シリーズ初のサスペンス長篇！

徳間文庫の好評既刊

赤川次郎

マザコン刑事とファザコン婦警

K工業グループのオーナー・北中茂也が後頭部を重いもので殴られ殺された。発見者はお手伝いの足立みち子。捜査一課のハンサムで有能な警部・大谷努と、部下で恋人の美人刑事・香月弓江が早速現場に急行すると、超過保護な大谷のママと、大谷に憧れる可愛い婦人警官の川原涼子が現れた。さらに、涼子を溺愛するパパも出現して……。ユーモアミステリー人気シリーズ第五弾！

徳間文庫の好評既刊

赤川次郎

冒険入りタイム・カプセル

「三十年。タイム・カプセル。――そして、殺人」父の栄一郎《えいいちろう》が始めた三題噺《さんだいばなし》。再婚相手の光代《みつよ》とハネムーンの途中、三十年前に埋めたタイム・カプセルを掘り出すため高校に立ち寄るらしい。同行を命じられた一人娘の倫子《みちこ》は「殺人」というお題に戸惑う。そこへ「三十年前のことで話をしたい」という電話が。さらに一緒にタイム・カプセルを埋めた同級生が父娘の目前で刺され……。

徳間文庫の好評既刊

赤川次郎

ゴールド・マイク

　川畑《かわばた》あすかは友達の佳美《よしみ》とともにオーディションに挑戦していた。三度目にもかかわらず、〝あがり性〟のあすかは途中で歌えなくなってしまう。ところが、本選終了後に審査員のＮＫ音楽事務所中津《なかつ》が声をかけたのはあすかだった！　佳美にそのことを話せぬまま、アイドルへの道を歩み出してしまったあすかは一気にスターへの階段を駆け上がるが、周囲には大人たちの黒い思惑《おもわく》が渦巻いていた！